用文字照亮每个人的精神夜空

涧谷清音音满谷,梓人题景景传人。

——陈从周

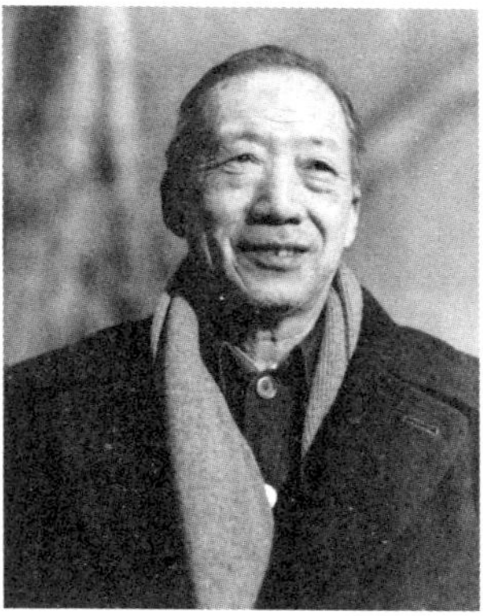

陈从周作品精选

随宜集

陈从周 著

燕山大学出版社
·秦皇岛·

图书在版编目（CIP）数据

随宜集 / 陈从周著. -- 秦皇岛：燕山大学出版社，2025.3. --（陈从周作品精选）. -- ISBN 978-7-5761-0774-6

Ⅰ．I267

中国国家版本馆CIP数据核字第2024SX4491号

随宜集
SUI YI JI

陈从周 著

出 版 人：陈 玉		选题策划：北京领读文化	
责任编辑：孙亚楠		特约编辑：田 千 吕芙瑶	
责任印制：吴 波		封面设计：InnN Studio	
出版发行：燕山大学出版社		电　　话：0335-8387555	
地　　址：河北省秦皇岛市河北大街西段438号		邮政编码：066004	
印　　刷：河北赛文印刷有限公司		经　　销：全国新华书店	
开　　本：889 mm×1194 mm　1/32		印　　张：10	
版　　次：2025年3月第1版		印　　次：2025年3月第1次印刷	
书　　号：ISBN 978-7-5761-0774-6		字　　数：162千字	
定　　价：66.00元			

版权所有　侵权必究
如发生印刷、装订质量问题，读者可与出版社联系调换
联系电话：0335-8387718

目 录

1 柳迎春
3 天一阁中作客情
6 谷音涧
8 小巷人家
11 带得四山一水归
15 岱岛秋痕
18 说景
21 古今聚散说名园
24 秋容
27 名园向晚独行时
29 看花又是明年

31	说竹
34	迟水仙
36	寒竹鸣禽
39	湖山人情能留客
52	中国的园林艺术与美学
71	裱画店
73	我是中国人
76	人间重晚晴
79	花店小坐
81	画梁软语　梅谷清音
86	粉墙秀影
89	华枝动素影　秋水漾文漪
92	曲情·影情·人情
95	知情·解情·造情
97	豫园顾曲
100	落花水面皆文章
104	昆曲·中国菜·绍兴酒
106	顾曲名园中
109	湖楼
111	以园解曲　以曲悟园

114	昆剧汇香江
116	音低音高
118	《眉短眉长》序
121	《程砚秋唱腔集》读后
125	《马连良唱腔集》序
127	"丰子恺先生遗作展览"序
129	读《朱屺瞻画集》记
130	不是书家的书家
134	《中国禅宗的发展和南宋五山》序
136	《日本建筑史序说》序
137	《中国花卉盆景全书》序
139	《泰岱史迹》序
141	《日本建筑史学者关野贞》序
142	《中国名园》后记
143	《南通张先生书法》序
145	《古城留迹》序
147	《蒋孝勋画集》序
148	《简明建筑史》（中译）序
150	《建筑史话》序
152	《园林艺术及欣赏》序

154	《浙江旅游指南》序
158	《上海农村传统住宅调查》序
159	《农村住宅设计》序
161	《苏州园林》(苏州版)序
165	《上海建筑风貌》序
167	《上海近代建筑史稿》序
170	《文以兴游》序
171	《民俗文化片谈》序
173	《中国古建筑与消防》序
176	《太谷园林志》序
177	《郑逸梅选集》序
179	《西湖胜景科学趣谈》序
181	《日月并升》序
182	《乐峰书法集》序
183	《徐志摩域外散文选》序
185	老去情亲旧日师
190	师道可风
193	人去楼空　旧游谁说
196	叠山家戈裕良的生卒
199	悼新宁刘士能师敦桢教授

200	《徐志摩年谱》谈往
206	草堂终古说缘缘
210	沪杭车中
213	顾廷龙先生书法
215	友痕
217	爸爸的照相
219	丰儿墓铭
220	陋室新铭
223	天一阁东园记
225	瞻园碑廊记
226	真禅法师伤残儿童福利基金记
227	贵溪悬棺记
228	衍芬草堂藏笔名单
244	读书的回忆
250	我为什么写作
251	开卷有益
254	苏州园林今何在？
256	吹皱南北湖
258	新春拆书
260	恭喜发才

262	湖心亭怎么办？
264	闲话修路
267	放大
270	大好青春宜珍惜　用功读书莫经商
273	皓首以为期
275	呼吁
278	新岁还添"万卷户"
280	"哀悼"芙蓉鸟
282	敬告向俞老求书者
284	大饼
286	称呼
289	凭栏半日独无言
292	岁暮忆旧
295	存心自有天知
296	滇池虽好莫回头
298	春游随宜
301	紧抱孙儿望后头
304	后记

柳迎春

"料峭春寒中酒,迷离晓雾啼莺。"婉转新声,才惊醒了,"早黄杨柳漏春信"。窗前杨柳有些两样了,然而重裘未卸,没有莺啭的话,我还倦倚在半温的火炉旁啊!的确,余寒仍不肯离去,我亦无可奈何,但柳丝点点鹅黄,使你不觉中也要留心一下,它蕴藏着无限的春机,几天后将给人温暖、兴奋以及如醇酒一样的醉意。春随人意,可以说杨柳是先开眼了。

我爱柳,也欢喜画柳,记得俞平伯先生夫妇曾叫我写过一张杨柳春禽图,我题上了宋词"一丝柳,一寸柔情",挂在他卧室中。老夫人去世后,到今天仍挂原地不动,他说这画是永久的藏春,其心境是可以理解的。

话又说回来了,我与俞老能够这样为杨柳所移情,都并非无因的,在我的本行造园学中,就常引起人的深思。园景要有四时,大家都知道。人们经过漫长的寒冬,切望着春回大地,而杨柳呢?它是报春最早,首先安慰人们寂寞之心,而落叶又是最迟,在四季中却更是变化多端。夏日的绿杨烟雨,秋天的高柳鸣蝉,冬季的万条风前，没有不入画的，而朝晖暮霭之中，姿态依人。在中国园林中它与竹可以平分秋色。

杨柳的性格，可说是温柔体贴，水陆皆宜，我国大地上无处无她的倩影。绿柳城廓，白门杨柳，描绘出扬州与南京两城风光；而长亭折柳，闻莺柳浪，诗意与画意，无不因柳而生。因此人们说起杨柳，总是觉得它是良善而亲切的东西。其实杨柳并不像我们直觉观察所见的那样，仅见到柔的一方面，它是柔里有刚，不是没有原则性的。我们画杨柳，画其本必心存老树之态，要苍劲有笔力，然后轻添柳枝，淡抹嫩叶，方才迎风作态，否则画柳不成了。杨柳的枝条看上去很柔，却很坚韧，可以用来编器，因此刚柔相济的美德，是杨柳独具的。近年来有些园林工作者，似乎没有从杨柳的德、貌、神态、风韵等多方面来品赏它，而轻率地将不是高贵树木，容易生虫，杨花乱飘，树龄不长，更不是进口货，是土产品等加之于它。目前园林越高级，杨柳就越绝迹，城市的绿地几乎让法国梧桐占领，杨柳快呜呼哀哉了。杨柳遭此厄运，何其惨也。"我为杨柳频叫屈，而今不见舞楼台。"希望从事造园的人多少要有三分诗人风度和雅趣，对杨柳不要太歧视了。

天一阁中作客情

我每次去宁波天一阁，人家为我安排宾馆，而我总谢绝了。我爱那阁旁的平屋，斗室一间，白夏布帐子的小床，靠窗一张书桌，倚壁一架杂书，红漆的地板，墙上挂着一副"静坐当思己过，闲谈莫论人非"的对子。外面是石板铺地，放着几盆秋花，远处有一丛修竹，太恬静了。这境地使我仿佛回到五十多年前的家居岁月，读书周旋其中，亲切得叫人泪下。可怜的是当年照顾我的母亲，五十多年前早做了天上的神仙。哥哥来信说他遍寻了母亲墓区，再也找不到母骨葬处，我是不能想也不敢多想了。

可能因年龄的关系，"豪华"二字对我太淡薄了，一天天进入平静如秋水的境界，这小轩正容我徘徊，容我幻想，容我回忆。人家说："你在这里太有意思了。"我回答说，是梨子心般的酸味。偶然飘来一阵残桂香，我从沉思中清醒过来，"依然人间"啊！从怅然到平静，我能过此陋室生活，唐代刘禹锡恐怕也差不多如此吧。我去天一阁原是为了重建东园工程。清晨晓雾轻笼，我独自信步断垣残石间，浮现出诗情画意，隐现出来的美景，闲坐闲行闲眺望，自思自想自安排。朝阳初上，工程队的人员来了，开始讨论交谈，接着定方位画粉线，进行一些体力劳动。坐下来清茗一杯，海阔天空，可是我内心呢？"人前谈笑说风生，客去空房背人泣。"两年多来惨重的遭遇，又总是"以理遣情，而情不服"。这本是俞平伯先生失老伴来信对我讲的话，而我今天又未尝不是同此地步，而且比他还要更加惨重呢。想到这里，我托词回室小住，回到居中，倒有几分好处，天一阁有的是书，我看看佛经，吟吟诗词，又渐渐进入止水心情。天一阁有只狗，其貌甚凶，而性格颇忠厚，偶然来我身边小住，它身上似乎无一点世俗杂念，不要认为它是狗，而倒很清高，比满张名片上印赫赫头衔的某些人可敬得多。尤其在夜间，只有我与它是客居中的同伴。

夜是沉寂的，天上有几点疏星，我想念着在医院中不满两岁的孙女，她没有见过父亲一面，她只认识我——阿爹，如今她也是一个人睡在病房中的小床上，弱小的灵魂，她还不懂得世上的一切，不懂得在她身上的不幸。清露湿夹衫，坐在阶下，四顾无人，回想去年今日，我同样也住过这里，然而今夜空庭，我又有何话可说……清池的水面照影了我横流的老泪，一切不能再往下想了……我只好默诵"诸恶莫做,众善奉行",大千世界,普度众生了。

宗教是人在无可奈何时唯一的出路,我只能说到此。"天地者万物之逆旅。"三天的天一阁小住,也可算逆旅中的暂短逆旅吧!

1988年10月23日甬沪车中

谷音涧

园成题景名，有的得之很容易，也有苦思冥索而不得的。关键是情与景是否交融、灵感有无的问题。豫园东部重建后，老君殿前的假山流水，游人常在此驻脚，那里有瀑布、峭谷、清泉、游鱼，总觉得意境有了，但怎样点出来，想过不少题名，并没有称意的，耿耿于怀，深感造景易而题景难了。

有一天，梁谷音来游豫园，她对这个景点，留恋久之，坐在廊下，居然歌喉乍啭，唱起昆曲来。而音响通过山谷、水面，特别来得动听。这一下我神往了，而她呢？虽然无笛清唱，但音响效果是那么好，便频频赞美园中拍曲的奥秘。我则从曲情中，联想到她的名字，这"谷音"两字，在这里大有文章可做了。如今的谷音，是梁谷音度曲与水石相结合，另外却有更多的谷音，像水声、风声、鸟声、人语声、鱼跃声，通过山谷，发出绵邈的回音，园林中有了奇妙的多样变化。我顿有所悟，便对梁谷音说，你来得好，题名你给我取了，这一带的山涧，就叫"谷音涧"吧，似乎比寄畅园的"八音涧"

更能显出意境，真是得来全不费工夫。

谷音工度曲，近年亦颇用心园事，能以曲悟园，以园解曲，确是聪明人。这种以相通文化、相互提高的学习方法，在她身上已露出来了。

艺术的提高不能凭"单课独进"，要多方面的文化修养，而爱好品赏相近的姐妹艺术，更能起很大的作用。"他山之石，可以攻玉。"如今我们园林里的这块石头，开始攻昆曲这块玉了。昆曲发源于昆山，昆山又名玉峰，这真是名副其实。反转来昆曲又为我们造园起了极微妙的作用，那太微妙了，学问之道就是在微妙中成长。清代的李渔（笠翁），既是曲家，又是造园家，典型遗范，人所共知。我希望园林与昆曲两者互相依存，正在建造中的豫园古戏台将来就是"曲苑"，专门演昆剧，曲园映辉。俞振飞老先生在戏台上题"天增岁月人增寿；云想衣裳花想容"的对联。他说建成后的首次演出，他愿意唱打炮戏，重温一下青年时在苏州补园演出时打出的旧梦，老兴不浅，亦寿者之兆也。

最后以小诗答谷音：

信步园林曲径行，时光初夏欲黄昏。
知君别有聪明处，难得曲情悟景情。

小巷人家

　　小城春色，小桥流水，小巷人家，多美丽的江南水乡风光啊！"小楼一夜听春雨，深巷明朝卖杏花。""深巷卖樱桃，雨余红更娇。"孩子时读的诗词，在高楼日益增多，小巷、水巷渐渐减少的今天，我想这些句子越来越值得歌颂与留恋了，也许过了多少世纪，小巷灭迹，然而人们还是在低诵它，向往它。

　　我是从小生长于江南水乡的人，小巷、水巷，是老屋家门前的事物，青石板，白粉墙，后门河埠头，又是一湾清水，多幽静雅洁啊！在小小的庭院中、书斋中听不到一点嘈杂声，"苔痕上阶绿，草色入帘青"。就是在这环境中，度过我的童年。我爱小巷，这种小巷人家是富有诗情画意的，永远令我依恋的。

　　江南的小巷，在文学上是多情的，从建筑艺术来说是多变的。我曾经说过中国城市的特点是"正中求变"，正是大街平直，小巷多变，有弯曲的，有斜歪的，也有直中带曲的、曲中带直的。墙门的形式又比较丰富多彩，高低大小与装饰几乎没有一处绝对相同，粉白的墙面衬

[清]林纾《江南雨山》

托,人行其间,移步换景,因为墙高,自朝至暮,光影变化非常丰富,有时逢着一段低墙,"春色满园关不住,一枝红杏出墙来"。太引人遐思了。有些小巷中有圈门,有过街楼,还有打更人住的更楼,小小的木屋,也觉玲珑可爱。从石板缝中与墙脚下长出的野草闲花,娇嫩依人,虽然小巷深深,人行其间,静幽多姿,一点也感觉不到寂寞,相反思想中涌上很多反思,边行边想,丝毫不觉疲劳。我在小城中就是闲行信步,记得与世界建筑大师贝聿铭先生在苏州,我们两人就这样在小巷中步行寻园，人目为"痴"，而这就是"痴"的美。

柔橹一声，小舟咿呀，在河埠边欣赏往来的小舟，与对门邻居对话，环洞桥的倒影，宛如半弯明月，正可说隔岸人相唤，水巷小桥通。江南的小巷与水巷组成了千变万化、恬静明洁的水景，这水景又充满了建筑美。

水巷里人家的河埠头，虽然用几根石条构成，有一字形的，有元宝形的，有如意形的，形成了一面、多面的踏步；河沿边有水阁河房，也有粉墙，偶然从河岸边墙角下长出几株杂树垂杨，拂水依人，照影参差，水面显得更清灵了。水乡城镇就是在这小巷与水巷里产生了无限空间与逗人的美感。如今我们保护历史文化名城，这小巷与水巷是重要组成部分，爱文化与美的人们，对它一天重视一天，非出于无因的。

观大邑一乐也，步小巷、游水巷亦一乐也。事物都是相对的，在建设大城市的同时，能珍惜与重视保存这从"小"字出发的景观，正同西湖与瘦西湖一样，瘦西湖就是妙在这个"瘦"字啊！

带得四山一水归

五月杨梅红满林。我与上海的一些记者，以及昆剧名演员梁谷音等同上江南杨梅之乡的浙江余姚市。

余姚是浙东的名城，王阳明、朱舜水等大学者皆出生于此。姚江学派（阳明学派），历史上是很有名的，而朱舜水东渡在日本建后乐园，在世界园林史上占有重要一页。余姚城拥有龙凤龟蛇四山，姚江又贯穿城中，天然形势极佳，远望四明山明灭如画，钟灵毓秀，直余姚之出人才也。当我上龙山时，信口念出"四山怀抱；一水中流"的对子，大家说概括出了余姚的景观，我也自我安慰，读过几句古书，还是有点用的，临行用宣纸写了下来。泥上留占鸿爪而已。我们游了杨梅山，漫山满谷皆杨梅林，踏在脚下的也是落下来的杨梅，大的一株树要产三百公斤，枝实垂垂，迎面鲜红，容你放量大吃。"山上杨梅山下客，谷中流水谷边音。"在山谷清泉旁，传来了几声流莺。本来在市里举行的清唱会，想不到梁谷音倒引喉乍啭了，空谷回声，清澈得无一点俗尘气，而杨梅呢，要采下即食，进市味逊，清歌在山，鲜果在树，

［明］蔡世新《王阳明肖像》

是灯红酒绿的城市中所梦想不及的。我们应该领会品尝一下这种清味。可惜溪边竹丛中少安排了一个亭子，不然更起着点景作用，又可给游者小憩。

出得林来，秦三妹邀我们去第一羊毛衫厂，坚决要我为该厂新址布置点景物。秦厂长是个农村知识青年，从上海去的。几年来把一个几人的工厂，发展成一家新型的大厂，因为我女儿也做过插队的知识青年，我很同情她们。承她的介绍与招待，确是感动人。

厂房造得差不多了，新型的工厂没有优美的环境，不能算先进的工厂。可惜水泥大路面，屋顶花园，抹杀了环厂的山景，而山又多百孔千疮，惨不忍睹，我笑对余姚市宣传部部长说："我要题一个新厂名叫'双光羊毛衫厂'。工厂办得好，是一光，厂四周的山开光了，是第二个光，因此叫双光。"他为之哑然，又打算在水泥路边叠假山，那真是"破坏真山叠假山，饭店门前摆粥摊"。然平地可栽植物之处铺水泥，屋无大树遮阴却反要造屋顶花园，何"聪明"之乃尔？至于借厂外之景，可说"两眼不望窗外物"了，寄语主其事者，你们有感于斯乎？

山区与山区附近的工厂建造，希望注意"因地制宜"与"借景"的两个原则与手法，千万不要大开山，剃平头，工厂是组成景色的一部分，过去和尚造大庙早做出了卓越的先例，而我们呢？水平值得深思。至于农村以开山灭林填河为唯一生产致富之术，似乎是杀鸡取蛋下策，与靠山吃山，植木生产，子孙万世得永保财源、永留山水风景，永远有好风水，千万代昌盛的思想相违背，领导同志应该看到这一点，妥善解决这种不科学、无计划的生财之道。这次在余姚，也是开山炮声隆，我今日还有点雅兴写这篇文章，如果炮声不停，"战争"再继续蔓延下去，可能我要含泪写"残山剩水话余姚"了。

岱岛秋痕

她是个岛,名岱山,四周有一碧的海水,可是绕着她的岛屿,有飘如荷蕖,有环如玉带,浮动在水面。大海是看不见边的,然而在这岛上,望海却如一个湖,但比湖又多着一层神秘感,她是大海中的湖,湖之外又是海,"大中有小,小中见大"。我有些糊涂了,因为这样空灵飘忽,从来就叫她为蓬莱佛国。

清晨,太阳从海上出来,黑乌乌的山,红彤彤的光,亮晶晶的海水,交织成一幅沉郁的朝暾画本。凭栏遐思,怀天外之风云,离上海一夜的我,仿佛受了一次宗教的洗礼,不能说看破红尘,至少淡泊一点了。信口吟成小诗一首(调寄《浣溪沙》):"出世无心尘网身,缘何故作不群行,幻景当前假亦真。倦眼看山山入海,孤帆随影影随人,凭栏谁共听潮声。"船靠了岸,我们直接入山,蜿蜒的山径,人在松林中慢行,渐渐离海远了,身上有些湿润,这是朝雾清净的山气,换了都市的尘氛,多恬适啊!山上的慈云庵,隐藏在千松万竹之中,俯视着似湖的海,像一面镜子,照出世间的善恶,消除一切的邪思。宗教建筑的选址是值得研究的，四年前我曾来此，地方上要将庵拆去造宾馆，我说宾馆造成，景点被占，少数的住宾馆者占了大多数人的旅游点，而且这庵还没有破坏，为什么拆除呢？拆掉，游客没有了，宾馆呢，孤单单地远立山顶，恐怕客人也会裹足吧！我们拆寺造宾馆已有长久历史了，西湖的多少宾馆成为禁区，也都是典型实例吧！我提出要封山，修慈云庵，将宾馆另安排地址。这次旧地重游，地方上很感激我当时的建议。如今满山满谷的松竹茶林，慈云庵旅游与朝山的人数年年增加，收入亦很可观，而宾馆呢，地位不错，建筑物能与慈云庵协调，各占形势，两全其美，所以当年一句话，如今邀我来小住几天。归来后，屐痕处处，欲去还留。最难忘慈云庵殿前月台上的清晨品茗，与老僧对坐长谈，薄云掠过我的脚底，松涛吹过我的鬓边。那山鸟的清歌，婉转怡人，空阶岑寂添此一曲，有些《牡丹亭》曲中"梦回莺啭"的情绪，人生的梦，几时被莺唤醒呢？我有些怅然。与老僧的对话中我想得很多。庵前有一块岩壁，方丈悟道法师嘱为题字，我欣然书"梵谷清音"四字，同行的谷音见了说很是得体，这幽谷里有经声、鸟声、风声、山声、潮声，将宗教的意境与自然的意境都点出来了。题字要能起文以兴游的作用。留此墨痕，也许是佛家所谓"缘"吧！

夜凉如水，松影移窗，有秋意了。宋人词中说，"何处合成愁，离人心上秋"。秋予人的感触，要比春复杂多了，尤其我们早过了中年的人，阅世多矣，各人有着各人的秋意。我真高兴，今年初次惊秋，在这里遇着的要比在城市中美得多了。城市的秋意是在服装上感到的，这里的秋意是从大自然变态中体会的。一个人久住城市，似乎只知道物质、人为的种种享受，缺少点天趣。坐在咖啡馆中，在五光十色、令人目眩的电光中，谁也不能理解这山林野逸之情。平静如大海，隐约的岛屿，渺小得看不清的鸥鸟，这一切只能在海岛上的山间才能享受到。岱岛的秋天，正如一条条白练，纯洁极了，她任你在上面描最美的图画、写最动人的篇章，她是永远迷恋人的地方。

说景

　　五月的江南，绿染芳郊，小径虽然红稀，但还有些闲花点缀着，郊游并没有过时。北京赵朴初老人来上海，他那慈祥的笑容中，希望我陪他同去青浦金泽镇勘察颐浩寺遗址，因为同行的真禅和尚发愿重建，所以有幸作了一天小游，在那天下午还畅游了淀山湖。

　　淀山湖的大观园，老实说兴趣不大，因为本来大观园是宅园，如今以郊园方式出之，是否"得体"有待商榷，而且我最讨厌的是那大门口照壁浮雕上戴了胸罩的十二金钗，令人啼笑皆非，但转思一下，也便释然，好在淮海路有家古今胸罩店，可能是这家店里出售的古胸罩吧。

　　一个人不能没成见，但成见有时可能转化的。大观园建塔，来征求过我的同意，亦商量过方案，可是造成后我却没有去过。这次从金泽镇发车，远远地望见了这浮图，引起了我的遐思，解除了过去进得园来，方知春色如许的心理，使我进一步明白了西湖为什么造雷峰、保俶两塔，又为什么水网地带有那么多的塔，航标也罢，镇风水也罢，但我简单的感觉，大观园有了此塔是以景引人，这一笔将整个画面般的景区点活了。

可能酸丁积习未消，简化字没有学好，常常在风景与园林中，挑三剔四，自觉罪过，但不信在大观园匾额中，居然出现了"有风来仪"，可能我老眼昏花，亦可能是简化了吧，但"有凤来仪"的"凤"用繁体字来写与"风"字的差距还是大的（鳳、風），也可能书者未错，做字的人"偷工减料"了，但是主其事的又何至不经心如此呢？建园难、造园难，"屋肚肠"（内部陈设）更难，匾对书画摆设最难，我不希望在园林中的室内布置，出现像文物商店，这是一门学问，要有考证，要细细推敲，尤其是有历史性的园林。

闲话少说吧！匆匆下船，在下船前，我已为大观园的塔所陶醉了，本来淀山湖无山，只有余下八公尺高的淀山，大观园不突出，没有仰视的借景，如今不论走到哪个院中，却能见到此秀挺的塔影，可说是移步恋人。偌大的园子，感到亲切，不空旷，看游人也觉得它好，但可惜他们说不出道理来，只能是"相看好处无一言"。到了船上，穿出拱桥，回望大观园，真可说是"面面有情，环水塔塔映水"，这个半岛绿得如水晶盆中的碧螺，而塔呢，秀出云表，从塔的引人风姿，使我联想到塔下的园林，我的感情就是环绕着这塔的四周，我愿化

19

为水中的水草、游鱼，能朝夕在这塔影的怀抱中荡漾着。我斜倚船舷，浮上了种种幻想，我憎恨水浪打破了塔影，我从塔上的日照的移动，船行时所形成塔与景不同的变化，从图中的静观，到水上的动观，这八角形的多面体，处处随人，实在太可爱了。本来这塔是水塔，设计者仿北京大学未名湖的塔而构思成的，可是如今因选址得宜，效果远远超过前者。北京大学现在环校皆高楼也，将来未名湖的塔，无出头之日了。深望大观园四周，淀山湖四周，不要再造那出人头地的高楼了，那么大观园塔，将永远留在游人的心目中，将有多少的诗篇、多少的画本来歌颂赞美它。

　　雨狂风正暴，梅子青时节。小斋中枯坐，几日前的清游，暂时的浮思，亦不过佛家所谓求解脱吧！

古今聚散说名园

张大千画展在北京举行，我应邀北上，住颐和园藻鉴堂，暇时使我从容游了名园。这是难得的机会，朝霞暮霭、花影松韵，我都享受到了，这名园的景色确是变化万千，尤其玉泉山的借景，真是造园的大手笔，前人安排得如此巧妙，值得我们学习。

我曾经说过，造园不易，管园更难。这次在小住颐和园的几天中，感到美中不足，甚至于有点煞风景，未免贻笑大方。

我进入排云殿，正想拍照，不料东庑烟囱并立，添了新式"华表"，废然而过，总算节约了两张底片。长廊虚处居然种上了外来品种的雪松，哑然失笑，只可说西太后也着西装了。将原来颐和园的植物品种搞乱了，形成不中不西矣。而且柏树绿篱，到处成围，宛如法国凡尔赛宫，把山脚树根一起都遮住不见了，此有悖中国造园手法。万一将来绿篱再高，则又不知如何赏景了。颐和园匾额皆从右到左书写，有一块"长生堂"反其式书之，使游人误识为"堂生长"，我也只能在旁陪诵一番。

[清]佚名《颐和园八旗兵营图》(局部)

颐和园之景,处处宜人,西南部亦是极好的风景点,如玉带桥、观赏堂等。可遗憾的是对这一区没有好好整理,观赏堂在开学校,藻鉴堂已改为宾馆,成为禁区。园林处还养了两条狼狗,吓得我们寸步难移。因而这一区几乎没有游人,只有钓鱼的和一些青少年偷偷地在游泳。广大的游人都集中在万寿山一区,每天成千上万。古与今,散与聚,本是两对相对的概念,颐和园属古典园林,又是国家级文物保护单位,那就要保持原状古到底了,好心肠做错事的园林管理同志们,你们要学习点文物法令,要理解点今和古的关系。偌大的颐和园在管理上要懂得聚散两方面，要在西南区整理开发，那玉泉山照影下的西堤一带，多么雅洁动人啊！为什么不引游客去呢？为什么专门在万寿山之下开餐厅辟商店来发展商业呢？既然如此，那不如索性易名颐和商场了。

1983 年 7 月 25 日

秋容

校园中菊花堆得万紫千红，仿佛春景一般，我匆匆经过，也无心观看，似乎以俗取胜。有些与我心情不相称，也不应该错怪人家，本来大杂烩的艺术，已成为流行的时髦东西了，我感到有些说不出的愉快感觉，人也许开始老化，孤芳自赏，前途太渺茫了。

偶然在墙阴下，迎面一朵白芙蓉，斜出承露，晶莹未干，秀逸得叫人脱尽凡念，粉墙好如白纸，那芙蓉活像一张折枝画，而且刻画得多么明快，真宋人画本。我神往了，痴立在花下久之，然而行人很多，谁也不了解我的情趣，各奔前程走过了。我在想，这花正如人一样，能得一知己，有一知音，也算不负一生了。这朝阳下一瞬的秋容，蕴藏了多少的遐思，无尽的柔情与回忆，是难以磨灭的"艳遇"。

人们爱春天，可能我个性不谐和吧，我爱秋天，更爱秋容。记得少时独自在西湖断桥边看秋水，一坐几小时，湖中的残荷，倒影的秋山，以及偶然飘下的几片桐叶，都能产生出一种极细腻微妙的感觉。湖上的生活已是逝水年华，如今我只有清晨当没有游客前，在豫园谷

［南宋］李迪《白芙蓉图》

音涧看水听泉，廊子旁的秋蕉，湿润得如翠屏欲坠。我没有才华，不能蕉叶题诗，写我那时的幻觉幻想，我只有默默地对着一潭秋水，听几滴流泉，寄托我如药中红枣，苦中带甜的，无可奈何的心情。

绚烂归于平淡，这是必然的经过，看腻了春花，才欣赏着秋花，读烂了唐诗，才喜诵宋诗。在我的心目中，满园花团锦簇的菊花会,却没有墙阴的芙蓉足容一秋呢。境界之大小,并不限于多少,数以千计的菊花,没有米兰秋容,反觉得不讨我辈的欢喜。我往往以廉价弄几盆人们抛弃了的单朵,却有"残花中酒"的滋味,秋容也许是过了中年以后人才能体会的。秋容淡得如一抹轻霞,似一杯香茗,又像一个高士,不染一点俗尘,带来的是"清""明""净"。姜白石(姜夔)词"高柳晚蝉,说西风消息",我非晚蝉,却爱谈秋日况境。然而在西风消息前,何尝不留恋秋光呢?这词正是极妙的秋词。

"近水楼台先得月;临流泉石最宜秋。"这是豫园东部重建后我的题壁,"宜秋"二字,或可说我园景构思的中心。文循意出,园亦如是,秋水长天,秋容满园,日涉成趣。算是自我陶醉,两年多来的精力,没有白花,书生寻乐,如是而已,知我者必能解我吧!

1988 年 10 月 13 日于谷音涧南轩名园

名园向晚独行时

　　初冬已悄悄地逝去,向晚的豫园沉浸在淡淡的暮霭中,远景有些模糊了,然而寒意并不如春初那么料峭,却反倒感到清爽、宁静,予人以一种平淡超脱的意境。天冷了,游鱼也不上来,寒水自碧,还没有风乍起,吹皱一池涟漪。步出寻幽月门,转入游廊中,仿佛若有光,这是从谷音涧溪水泛出来的。山石是那么峥嵘,将涧束得如一条细腰,余光从峰峦间射入,谷里显得特别亮,而我所书的"谷音涧"三字,由于反光的作用,觉得特清晰。微薄的朔风从水面传来,并不刺骨,倒发人遐思、幻想,似乎此地非在人间。我在豫园工程工作了两年多,也住过这里,但是美的巧遇,也只在这一刹那之中,转眼间,晨光昏暗了,一切都渐渐地消失,唯有涧中从山间流出的水声。我是下意识地渐行渐远,有些无可奈何暂别去,下次重来时景与情是变了,也没有今天突然其来时自己从未预料的境界,各种各样美的遇到,那要看身临其境的人,如何对待这眼前事物呢。

　　也许有人要问,你们搞造园的人,诗人的气息太重,就是这样从幻想、虚构来安排景物，还叫人从习俗"白相"①的圈子中跳出，去欣赏一些可遇而不可求的园林景色，说什么"造园难，游园也难"的谬论。本来中国园林就是诗情画意的结晶，游兴原是凭个人的感情支配的，可以从春夏秋冬、晦明风雨中得到数以万变的情景交融，绝妙的诗句，动人的画本，都是在灵感触动中得之。可能有人要说我如痴人说梦，但我们不能否认世界上存在梦，"梦回莺啭"谁说不美呢？

"断桥残雪""南屏晚钟""空谷传音"，诗人也好，高僧也好，也只有他们的情致，才会领略常人所不解的事物，如今我在园中向晚独行时，也只是"寸心即知己，不用世人知"吧！有些渐入微茫了。文章只能写到这里，算是个梦。

    涧谷清音音满谷，

    梓人题景景传人。

1988 年冬于梓室

---

① 吴语地方方言，指嬉戏游玩。——编者注

看花又是明年

宋代词人有云:"看花又是明年。"在这小径红稀、郊野绿遍的初夏江南,确有这股味儿。从水仙欲放开始,伴着蜡梅,继以早梅……直至蔷薇、木香开过,春悄悄地离去了,接着就是梅子黄时雨。

人们总是爱花的。虽云"养花一年,看花十日",但为看这"十日"之花,栽花者仍肯花这"一年"的辛勤劳动。最近我的五针松接连被偷去两盆,而且均为造型最佳者,因此使我的情绪十分恶劣。昔日称偷花为"雅贼",似难控告,实则不然。原来,因为五针松价格昂贵,偷盗者着眼于钱。此类偷儿被查到而受惩处并非没有先例,而此种人还给被偷者精神上带来不良后果。每当夕阳西下,我总会徘徊于放五针松的原址,希冀"无可奈何花落去"忽而转为"似曾相识燕归来"。明知这是幻想,可感情上总是藕断丝连。人之异于禽兽者,似乎就在此吧!

花之可爱在于生命。欣欣向荣,与人共鸣,其怡神养性,比流行歌曲、迪斯科等狂欢乱舞、灯红酒绿要高雅得多。然而，近来有些人欢喜布置假花，理由是它终年有花，不必保养。此真懒汉说花也。老实说，我是反对假花的。有一次我在庐山开风景规划会，走进宾馆就见假花。我说："你们是庐山宾馆，还是庐山殡仪馆？山间有的是野花闲草，那些富有生命力的东西你们不要，偏偏要去上海买假花，真不可理解。"然而世上就有这种人，爱假不爱真。所以我说假者伪也，失去了真意。奉劝世上之人，为了爱好天然，你得多亲近一些花卉，不论在身心修养，还是身体健康上都甚有益。

大城市的房屋紧张，人们争屋不争绿。无绿便无净化空气，这在理论上或许大家都通，然而到了"见缝插屋"的时候，破坏花木、草地，什么也不管了。如今我不愿去上海市衡山路、华山路那一带，因为这些地方往昔林树成荫，红杏出墙，而今满眼高楼，绿意消失，怅然的心情油然而生。为什么城市建设者不肯刀下留情呢？终究爱花者痴，爱财者富，承包者发财，我们又有何可说？要钱不要命，连净化的空气，安静的环境也不要，那么我们这种不识时务者还想"看花又是明年"？但明年上海又不知会去掉多少绿地呢？啊，看花犹待何年呵！

说竹

苏东坡有一首咏竹诗，写的是"宁可食无肉，不可居无竹，无肉令人瘦，无竹令人俗"。这位老先生原是一位食肉的，如今西湖上酒菜馆中以"东坡肉"与"宋嫂鱼"（醋鱼）齐名的，但是在肉与竹两者处理上有矛盾时，东坡先生宁可食无肉了，那几竿清逸的修竹，在他的居处却不可缺少的呢。东坡先生之所以成为东坡先生，他不肯轻易抛去雅趣。

最近日本征求一个住宅竞赛的方案，提出要能见到四季皆有的突出的景观，不少师生问"盲"于我。在一些人的心目中院子中有四季名花，不是很容易解决吗？我说这似乎太容易与简单，园林贵深，立意在曲，要给欣赏者能耐想、耐看。因此说到了竹，人们以为竹是无花的常绿植物，哪有四季可言，但是这是直觉，没有经过思想，也没有细致观察与欣赏，更谈不到竹与环境及四时光影变化，等等，似太简单化了。日本人与我国古代人最爱竹，入宅、入园、入画、入文、入诗，真可说是雅极了。春天雨后新笋，新篁得意，"新笋已成堂下竹，

［北宋］苏轼《墨竹图》

落花都入燕巢泥",是何等的光荣呢？如果在竹边加上几块石笋作为象征性的笋，一真一假，更是引人遐思了。夏日翠竹成林，略点湖石万竿烟雨，宛如米家山水小品。秋来清风满院，摇翠鸣玉，其下衬以黄石一二，益显苍老，而色彩对比尤觉清新。及冬雪压柔枝，落地有声，我们如果用白色的宣石安排其下，则更多荒寒之意。我们知道庭园中栽竹，总不离粉墙，粉墙竹影，无异画本。随着四季日照投影不同，而画本日日在变，万物静观，自得其中。至于竹本身的荣枯，亦非四季雷同也。谁说竹是简单的植物呢？而画家之笔，诗人之句，真是道出竹的品格与无处不宜人的风姿了。

友人李正工程师，他在无锡惠山下设计了一个杜鹃园，博得了中外好评，我题了"醉红坡"三字以宠之。可惜杜鹃花时似乎太短暂了一点，我觉美中不足。我早说过"园以景胜，景因园异"，我建议不妨再搞一个别具一格的竹影园，遍青山无处无"此嚣"（竹又名此君）、楼、廊、亭、阁、匾对以至用具皆以竹出之，惠山竹炉煮泉，韵事流传，引为佳话，亦可赓续，予旅游者平添情趣，想来还有几分构思吧！我希望能早日实现，拭目以待也。

迟水仙

人们在春节前总爱养水仙来点缀斋头,尤其闽南人。水仙要在春节的早晨开放,算是最吉利的事,因此江南人家,也是催花早发,已是习以为常了。而我呢?觉得开得迟一些时候也无妨,人家已是残花中酒,而我的还是含苞待放,欣欣向荣,这春机是蕴藏在这欲开未开的风姿间,多引遐想啊!谁也不信我的那盆水仙是放在阳台上,夜来也不进户,因此生长较慢。春节过后,天气渐好,却很快地长大起来,再过几天,正是玉瓣金心,亭亭如洛神了。"文化大革命"后,我为朋友画水仙,题过这样两句诗:"知是凌波尘不染,一窗风雪立多时。"写我在困难时期的境遇,今朝我见了这将要吐芬的水仙,滋味只在寸心中,它在雪窗前受尽朔风的猛吹,我也没有将它移入房中,相反任其"锻炼锻炼",想不到倒长得比往年更茁壮。我是不爱繁花的人,养水仙从不学时髦将它开刀,使它体无完肤。我是任其自然,能出几朵花便几朵花,但是既要出花,却朵朵入画,养在古朴的盆子中,看来没有一点尘俗,大约这又是士大夫的情调,读了几卷书不肯流入世道吧！

龚自珍有《病梅馆记》，为受委屈的盆梅呼吁，我是十分欣赏此文。这几年来不知被刮了什么风，水仙头要开刀，开出的花不实行"计划生育"，来一个盲目生产，花越多越好，茎越弯越好，而花呢却瘦弱得可怜，不求养好，这又何美可寻呢？真有些不解。可能龚先生与我是同乡，"杭铁头"还是"爱好是天然"。写到此我又要为正在穿西装的西湖鸣冤了。

如今初阳微照在水仙上，淡逸得如仙子，我凝神静观，这几天由苞到怒放，其间微妙的美感过程，是叫人产生一种生机、活力，还有超脱世情俗念的思想，从几朵水仙花朵中，我感到是比听腻了的"承包""开发"等名词与恼人的"迪斯科"……要清心得多。我的小孙女媛媛刚满两岁，她是未曾见过父亲的孤儿，她很聪敏，在我的书斋中伴我读书、画画、听昆曲，仿佛在她的心灵中世界上最仁慈、最爱护她的便是爹爹，老小相依为命着。她与我养的水仙一样，是藏着无限的春机与未来，过几年待她能看懂这篇文章时，必定投入我的怀抱中，露出含泪的笑容，叫上几声爹爹，引起我无边往事的回忆。我在水仙花前又是这样地在想。

寒竹鸣禽

快岁阑了，时节已是深冬，天气还是那么晴朗没有雨雪，因此予人的感觉，并不如想象的那样可怕、寂寞、寒冷、阴暗，清晨在校园中走走，还是一种冬日的逸趣。初阳平射在草地上，黄得那样柔和，有些地方还残留着几分薄霜，颜色变化得雅洁，无一点尘杂气，"清况"二字，我真正体会到了。树是卸尽浓妆姿态更窈窕了，树下有几丛小竹，不时地可以听到吱吱的叫声，这是寒雀，声音脆美极了。我是爱养鸟的人，然而这无意中遇到的邂逅之交，并不陌生，反而很感亲切，它仿佛野草闲花惹人钟情，这种光景有时比去专访名园来得更超脱。人生美的享受，往往在无意中得之。

大城市中，每天在空调间的"贵人"以及乐意周旋在灯红酒绿中寻欢的人，不会认识到物质的刺激是要麻木人的，自然界的恩赐，那是他们所梦想不到的。我近来很讨厌"吹牛、拍马、拉关系"的一些"时髦人物"，他们的头脑很需要听听这寒竹幽禽的提醒，这数声鸟语，却比半天的"大报告"要深刻得多，没有一点世俗的趣

[元]王蒙《深林叠嶂图》

味。然而人在各种不同的处境态度也不同了,也许这时遇上了"野味店"的经理,听到它们在说"怪话",目光就是一网打尽,营业兴旺了,而可在报上大肆宣传,什么冬令"进补"之类的动听美辞了。也许人家要责怪我,你想得太多吧,的确我是对"野味店"没有一点好感,再下去也许熊猫可以招待贵客要尝新了,可怕,可怕。

庄子说过:"鹪鹩巢于深林,不过一枝;偃鼠饮河,不过满腹。"林间的鸟语,听来有些得意之情,因为它们的要求不高,仅仅一枝与满腹而已,心地是纯洁的。我在这些"低贱"的朋友面前,有些惭愧,我还为张罗如何度春节,安排俗事呢,跳不出"圈圈"。古人的诗说得好:"一圈两圈圈不了,人人都道圈儿好。而今跳不出圈儿,反被圈儿圈到老。"这原是一首题墨梅画的诗,未能等闲视之。与今晨有缘听到的鸟语,一样使我清醒过来。啊!大千世界,原是这般这般。

1989年2月5日

湖山人情能留客

现在大家都关心旅游事业，尤其在中国这是一个新兴的事业。那么我们怎样来理解"旅"和"游"这两个字呢？旅和游是相对的，旅要快，游要慢，这是两个不同的概念，而我们往往把它们混淆起来了。上海到美国，如果路上跑了三个月，到了那里乘飞机兜一圈，两天就回来了，这有啥味道？国外旅游事业办得好，就是旅快游慢。在美国，旧金山到洛杉矶乘飞机四十分钟，但到了那里可游上几天。我们的情况正相反，上海到杭州，乘火车要花五小时，但杭州一日游却只有六小时，真是适得其反。在日本，我真像上海人说的"阿木林"，问别人从某地到某地几里路。可他们的回答是几分钟火车，几分钟汽车。这说明国外的"旅"已经不再是一个路程的概念了，而是一个时间的概念了。当然，我们要改变这一局面关键在于交通部门。但我们搞旅游的人，在安排上要注意科学性。

现在还有一种错误的观点，就是一次看完，越快越好。这是最不科学的，为什么不能慢一点，舒服一点，下次请他们再来，以后再来，这样不是一笔生意分三笔做了吗？

最近我去泰山，那里的市长对我讲，陈老，我们没有听你的话，现在吃苦头了。我说，当初叫你们不要造缆车，你们就是听不进。现在济南到中天门汽车一个多小时，中天门到南天门缆车八分钟，真是匆匆而来，匆匆而去。这样，风景点没有人游，茶馆没人坐，旅馆没人住，土产没人买，真是搬起石头砸自己的脚。我认为济南到泰安一小时汽车是对的，旅要快嘛，但上了泰山应该慢慢游。岱庙、经石峪等都是好地方，现在许多游客都不去了，真可惜呀，搞旅游是要留客，现反成为赶客了。

杭州也是这样，汽车开进开出，用电瓶船游西湖，就连北高峰这样一个小山头也搞上了缆车。最近杭州新桥饭店开张，要我题个匾额。我一半是恭维它，一半是讥讽它："明湖一碧望中收。"居高临下，一览无遗，白相还有啥味道呢？杭州市市长钟伯熙是我的学生，要我搞杭州，我不搞。我现在醉心于海盐的南北湖，那里真是几十年前的西湖呀，美极了，世外桃源，青山四围，实在太好了。

你们搞旅游工作的人，现在常常抱怨太辛苦。确实，我看你们是太吃力，整天拿只电喇叭哇哇地喊。这既像托儿所的保姆，又像在赶鸭子，有些外国的老年旅游者，被赶得走投无路。为什么会这样呢？我看主要是散和聚这个关系没有处理好。

现在搞旅游，只集中在几个大的点上，杭州、北京、上海、桂林、黄山、青岛……结果是人挤人，有什么趣味呢？中国这么大，难道就只有这几个旅游点吗？我认为名旅游点不一定就值得游，酒菜馆里最贵的菜不一定就是好菜。要是上海滩几个大百货公司都能解决问题，那么小商店都可以关门了。为什么不能散一散呢？！去年黄山市市长邀我上黄山，我到了温泉就不上了。我对他说，你们的温泉现在像小山陵了，雪松、法国梧桐弄得不伦不类，人拥挤得像城隍庙，我要去太平湖。太平湖真好呀！九华山、黄山等几个大山的倒影都在里面了。经过宣传，太平湖的游客增多了，有了个缓冲地带，减少了对黄山的压力。再说庐山，现在旅馆全部集中在牯岭，假如山下、途中都造一些旅店，上山可循序渐进。现在一集中在山上，交通问题、水源问题、供应问题都存在不少麻烦，这就叫背其道而行之。

我国有名的旅游点，大多均有一正一副，即有主次之分。泰山有个长清，杭州附近有南北湖、超山等，西湖原来旁边有个西溪,也是一个为副的旅游点,可惜不慎重地改为工业区,风景点消失了。游普陀,其旁的岱山是个副的,游黄山,太平湖则是副的。没有副就没有缓冲,目前应该在"副"字上做做文章。现在副职干部提了不少,一正几副,为什么在旅游点上只有正没有副呢?在沪宁线上,我劝别人不一定上苏州,你可去吴江;你不游太湖可游石湖;不上南京可上扬州。在沪杭线上,嘉兴的南湖、海盐的南北湖都可去看看。总之,在当前聚得太集中的情况下,不如到那些人少的、清静的地方去。我和上海江市长及其他几位市领导都谈过,要控制离上海近一点的风景点,如淀山湖、常熟、吴江、海盐、昆山等,这对减轻上海旅游的压力大有好处。

除此之外,还可以提倡四季旅游。要把淡季做热,旺季压一点,这样就可以平衡了。在初春,可组织去超山和邓尉赏梅,冬季可赴庐山赏雪,颐和园的雪景也是够美的。而夏天可搞野营,高桥海滨搞帐篷只能是小范围的,南北湖外的海塘边支起帐篷范围就大了,又能天天欣赏浙江潮,何乐而不为呢?

外国人来中国旅行,他们的意图是什么?这一点尤其是你们做外国生意的,一定要弄清楚。他们是来享受中国的文化艺术,参观中国的历史古迹,了解中国的风土人情以及品赏中国的土特产品的。我们一定要抓住这个主要矛盾。若叫我去埃及，我就要看金字塔，去马来亚就要看土人，给我看西洋建筑就没有味道了。而我们现在唯恐不能洋到底，外宾一来，吐司白脱，别人并不稀奇啊，为啥不弄点汤包、小笼馒头、大饼油条给他们吃呢？外国没有这些，有呢也列为名贵点心。

外国旅行团来，首先要弄清是何等样人。旧社会有一种摸骨算命的，他摸什么骨？是摸你的银子，你银子没有他甚至连算命钱也不要你付。和尚庙里的知客僧真不得了，他专门轧苗头，穷香客来就喊："坐，倒茶。"小和尚一听就把别人吃过的茶叶泡一杯来。富一点的来他就喊："请坐，泡茶。"小和尚就泡杯蹩脚的茶叶拿来。大官来了他就喊："请上坐，泡好茶。"小和尚就用好茶叶泡了端来。知客僧的喊话是一种信号也是一种艺术，既不得罪人又充满等级观念。讲这两个例子就是说，只有在摸清旅游对象的情况下，才能因人制宜、对症下药地进行导游。同样白相虎丘山，对外国的学者教授，你应该介绍虎丘塔建成于宋朝建隆二年（961年），它是砖木结构的；而对于普通游客，你可介绍相传吴王阖闾葬于此地，还可讲讲唐伯虎与秋香的故事。我历来不反对把神话、传说等介绍给外国游客，只要有情趣，都可以讲。古人说："情以兴游。"做导游的就应该在这四个字上下功夫。

现在有些导游带游客到某地，先要坐下来讲上一小时，这毫不科学。他们兴冲冲来急于要看，而你却使人扫兴。为何不因势利导，边游边讲，待他们玩累了再坐下来喝杯茶休息休息呢？在喝茶时又可随便谈谈来介绍一番。

导游这碗饭我这个人大概也能吃的。有一次贝聿铭先生带了四个法国录像师来上海，他要我租一条轮船，去拍外滩前中央银行，因为他父亲原是前中央银行总裁。我一听糟了，借条船要通过外办、公安部门、轮船公司……个把星期还不知能办好否。于是我灵机一动，要他们跟我来，我跑到延安东路外滩码头，买了七张轮渡票。待船一开，豁然开朗，外滩景色尽收眼底，客人们个个拍案叫绝，结果拍得十分成功。还有一次我陪一个旧金山代表团参观扬州，游到下午四时，外宾肚子饿了，我跑到烧饼店，请他们马上做四十只最好的黄桥烧饼，做好后装上竹篮趁热送来。外国人吃上这香喷喷的热烧饼，都跷起大拇指称好，烧饼一扫而光，而我只花了四元钱。所以做导游一定要有一点随机应变的本领。

我历来提倡搞一些地方风味，这是能迎合游客的猎奇心理的。去绍兴不吃绍兴酒就不算到过绍兴，而绍兴酒用啤酒瓶装就不成特色，就像阿Q穿西装，不伦不类。我在日本吃鱼生，真是可怕，但记忆犹新。所以外国人来吃螃蟹，不要剥给他吃，让他自己戳些血出来，尽管这是惨痛的教训、辛酸的回忆，但毕竟是含泪的微笑呀！地方风味搞好了，既能吸收外汇，又可扶持地方工业和第三产业上马，是一举两得的好事。我建议把中国名茶装上软罐头，既可冷饮，亦可温热，就像可乐那样饮起来很方便。如将云南的普洱茶、四川的沱茶、黄山的毛峰、祁门的红茶……每种让他们品尝一听，就能卖出好几听了，外国人吃得好还要买茶叶哩。金华火腿、宣威火腿、如皋火腿，由于风味不同，外国人一背就是三只，这样的大好事何乐而不为呢？所以陪外宾选购东西时要多介绍地方特色，诱导他们多品尝和采购地方风味。

　　送礼也有大学问。例如南洋来的商人，他们喜欢绣花的衣裳和被头，因为出去时穷，没享受过这玩意儿，现在发了财，非穿一下、盖一盖不可。欧美学者来，他们喜欢中国文物，复制品倒也无所谓，但要做得精致。而美籍华人喜欢的是名人字画。贝聿铭先生去苏州，那里的领导人送他一只玉雕香炉，可他却感到为难，说："陈兄呀，像小棺材么一只叫我如何背回去呢？"我知道他喜欢紫砂工艺品，送了一些别致的紫砂茶具，他高兴得很，爱不释手。我觉得陕西秦陵的陶俑制作得不错，小巧玲珑，旅行袋里可装上二十到三十个；而唐三彩太大，带起来就不方便。山东的花瓶现在越做越大，我不明白这到底是插花的呢还是插树的？换起水来还得请个帮手哩。故而我认为，制作旅游纪念品宜小不宜大，宜轻不宜重，宜精不宜粗。讲解中国园林，我的几本著作《说园》《园林谈丛》等可以作为参考，这里只是想概括一些中国园林的主要特点。

"文人园"是中国园林的特点，因为古代中国的园林大多数是根据诗人、画家的构思来建造的，所以它有很强的诗情画意。过去退休的官吏告老回乡，不少人造花园休憩以度晚年，他们喜欢住在苏州、扬州，因此这两地的花园就多。

如果你导游豫园，它的特点是"城市山林"，即中国的园林可以造在闹市中。这个明朝园林中的假山是全国最大的黄石假山，由明人张南阳所堆。现在园中其他明代建筑都不复存在了，因为清代以后为会馆占领，造了不少房子，把当年的原貌给毁了。最近我主持豫园东部的改建工程，给它恢复明朝的样子。

中国园林的建筑特点是"正中求变"，园林中的建

［明］仇英《独乐园图卷》（局部）

筑物皆东西南北向，没有歪的，而长廊、水池及游径曲折则是变。如果你细心观察苏州的花园，不难发现这一特征。我国古园林另外一个特征是建筑物对假山，假山对建筑物；若建筑物对建筑物，假山对假山，步法一乱，看上去就不舒服了。网师园就是一个很好的例子，它的特点是少而精。也是采用了正中求变的方法，把水集中起来，这样园子就显得大了。后来网师园东部扩建，由于建筑物没有对假山，故而就显得不协调了。

谈这些，就是希望同志们碰到复杂的问题要用简单的方法来分析，遇事要抓其特点，要抓住本质的东西，我就是喜欢抓关键的东西。在日本政法大学的报告会上，有人问我中、日园林的异同时，我说："日本园林是自然中见人工，中国园林是人工中见自然。"这观点受到了日本同行们的赞同。

江南景色的特征是软风柔波，它的风吹上来是软的，而水是柔和的。西湖为什么要濒水种杨呢？因为杨柳的线条弯弯曲曲和水波的线条是一致的，如果种上法国梧桐，那就硬邦邦不相称了。苏州的特点是糯，他们说话的声音糯，吃的东西也糯，就是和你闹意见也是给你一个软钉子。杭州的特点是秀，山清水秀。扬州的特征是小，瘦西湖，小金山，还有小笼包子，总之全是小。镇江的金山是寺包山，北固山寺镇山，而焦山则是山包寺。抓住了这些特点，你们导游起来心中就有底了，化开来也不难。同时再给你们介绍一个诀窍，即每到一处，亭台楼阁上面的匾额和对联就是当地景色的最好说明书。如"荷风四面亭""月到风来亭"，均把实地的景致精确地勾画出来了。在山东大明湖，老残写了"四面荷花三面柳，一城山色半城湖"，把济南的景色都概括了。故你们每到一处，先要眼观四方，把这些最好的说明书先看一看，想一想，随后介绍给游客就心中有底了。

不少导游常向我叹苦经，说干导游这一行太辛苦。我说世界上要干出些成果来的事业没有一行不苦的。你们这碗饭是苦饭，但也是科学的饭、知识的饭。若认为外语学院毕业生当然就能做导游，这是无稽之谈，我看连当"仆欧"（boy）也无人要。因为旅游这行当是讲学问的，有相当高度。做导游犹如天天在口试，而且你们做的外国人生意，天天要回答外国问题。这个外国问题难回答呀，稀奇古怪，就是我们当大学教授的也不一定能对付。像我们学校有些中青年教师不愿带学生实习，原因也是一样，怕学生问，问讲义和书本上没有的东西。

为此，我有两点意见提请大家注意。第一，要多学些东西，积累各方面知识。要看资料，甚至地方志，还要了解诗词、书画，即使宗教知识也应该懂些。像日本人参观寺庙时常要问你这庙是禅宗呢，还是法相宗呢。只有拥有广博的知识，并对当地的风土人情了如指掌，那么你回答问题就可顺口而出了。如果无法应付，回来后就要翻资料、查出典，再不清楚就请教有关部门，非弄懂不罢休。解决一个难题，你的学识也就长进了一点，日积月累，你就有了大学问。

像介绍网师园，你可说，这是一座始建于宋朝的园林，它是中国园林中以小胜大的典范，"网师"两字的含义是有点隐居的意思。至清朝同治年间（1862—1874年），该园被李鸿裔所得，他是曾国藩的秘书长。大秘书长为什么买小花园呢？是为住姨太太的。后来李鸿裔卖给张锡銮，张付不出钱，是他的学生张作霖买下送给老师的。张作霖者何许人也？是张学良的父亲。你这样一讲，外国人兴趣就来了。Right！好！然而你要能讲这番话，就非要看点东西不可。

第二，在做导游时要争取主动，不要老是被外国人牵住鼻子走，你应该控制他们、调排他们。因此要学得机智一点，通俗地讲遇到问题要"滑得脱"。怎么滑？我介绍你们两个字，叫"空灵"，即孟子所说的"王顾左右而言他"。我在旧金山时，美国记者要我谈谈对该市的印象，我说："桥上桥，人上人。"因为旧金山的立交建筑确实不错，而社会的等级也非常明显。那记者听了连声说："很有哲学味道。"还有一次一名外国记者问我："上海地铁工程进展如何？"我一言以蔽之："正在进行之中。"这叫四脚凌空别人抓不到什么。所以做导游时，不仅要介绍实的东西，也可谈谈虚的东西，可以谈诗情画意，可以谈得神秘一点，让游客们自己去体味，给他们留有想象的余地。这就能以逸待劳，掌握主动权了。

你们理解了这两点道理以后，也许不再为自己的工作叫屈了。你陪别人游览，不要看成是一种负担，你自己也可以研究些什么嘛。这样每游一次，就能够发现一些新东西，兴趣和味道也就来了，对自己的导游工作也就热爱了，也就能干得更出色了。你们每次把游客们的音容笑貌、心理状态记录下来，将来总结起来就是一篇好文章；与外宾们聊些国外的天南地北，整理以后又是一篇好文章，这样的大好事何乐而不为呢？

行行出状元，行行出君子。我认为搞旅游工作的同志，是聪明的人，只要好好干，在你们中间不难出状元，不难出诗人学者，不难出大旅游家。在大家的努力下，我国的旅游事业一定能兴旺发达，同志们也一定能取得成功。

（徐正平记录）

中国的园林艺术与美学

诸位都是搞美学的，我是搞建筑和园林的。当然建筑、园林也涉及美学，同美学的关系很深。但毕竟建筑、园林还是一个单独的学科，所以我只能从园林的角度，从建筑的角度，把自己学到的一点东西，提出来向诸位讨教，同诸位讨论。可能会讲许多门外汉的话，我是抱着学习的态度来的，我想大家是会原谅我的。

我今天只谈风月，与君约略话园林。

自从旅游事业兴起以来，世界上不少国家都在掀起一阵中国园林热。前年我去美国纽约搞了一个中国园林，那边就对我国园林推崇备至，影响很大。

现在大家都晓得中国园林好，漂亮。到底好在哪里？为什么漂亮？这个问题同美学关系很大。过去大家讲中国园林有诗情画意。一到花园就要想作诗画画。这诗情画意是怎么出来的呢？这同美学有关系，同情感有关系。过去我国有句话说"私订终身后花园，落难公子中状元"。为什么在后花园私订终身？为什么不在大门口私订终身？花园里有诗情画意，私订终身，内因是根据，

明轩的一角

外因是条件，有这个条件就促进了他们的爱情。所以园林里有诗情画意。

对于中国人欣赏美的观点，我们只要稍微探讨一下，就不难看出，无论我们的文学、戏剧，我们的古典园林，都是重情感的抒发，突出一个"情"字。所以"私订终身后花园，落难公子中状元"，他们就在这个花园里有了情。中国人讲道义，讲感情，讲义气，这都同情有关系。文学艺术如果脱离了感情的话，就很难谈了。中国人以感情悟物，进而达到人格化。比如以园林里的石峰来说，中国园林里堆石峰，有的叫美人峰，有的叫狮子峰、五老峰，有各种名称。其实它像不像狮子呢？并不像。像美人吗？也并不像。还讲它像什么五老，更不像。但为什么会有这么多名称？这是感情悟物，使狮子、石头达到人格化，欣赏的是它们的品格。而国外花园中的雕塑搞得很像很像，这就是各个国家、各个民族的审美习惯不同。中国人看东西，欣赏艺术往往带有自己的感情，要加入人的因素。比如，中国的花园建造有大量的建筑物，有廊柱、花厅、水榭、亭子等等。我们知道一个园林里有建筑物，它就有了生活。有生活才有情感，有了情感，它才有诗情画意。"芳草有情，斜阳无语，雁横南浦，人倚西楼。"这里最关键是后面那句："人倚西楼。"有楼就有人，有人就有情。有了人，景就同情发生关系。所以中国园林以建筑为主，是有它的道理的。原始森林是好看的，大自然风光是好看的，但大自然给人的美同人为的美在感情上就有区别。为什么过去中国造花园，必先造一个花厅？花厅可以接客，有了花厅以后，再围绕花厅造景，凿池栽树，堆叠假山。所以中国的风景区必然要点缀建筑物，以便于游览者的行脚。比如泰山就有个十八盘。登泰山开始，先要游岱庙，到了泰山脚，还有一个岱宗坊，过了岱宗坊还有大红门，再到中天门，中天门上去才到南天门。在这个风景区也盖了大量的建筑物。这样步步加深，步步有景。所以中国的园林和风景区，同建筑有着极为密切的关系。从美学观点看就是同人发生关系，同生活发生关系，同人的感情发生关系。

中国的园林，它的诗情画意的产生，是中国园林美的反映。我个人有这么个观点：它同文学、戏剧、书画，是同一种感情不同形式的表现。比方说，明末清初的园林，同晚明的文学、书画、戏剧，是同一种思想感情，只是表现的形式不同。明末的计成，他既是园林家，也是画家。清朝的李渔也是园林家，又是一个戏剧家。中国文化是个大宝库，从这个宝库中可以产生出很多很多不同的学问来。而中国文化又不是孤立的，它们互相联系，互相感染。可以说中国园林是建筑、文学艺术等的综合体。

中国园林叫"构园"，着重在"构"。有了"构"以后，就有了思想，就有了境界。"构"就牵涉到美学，所以构思很重要。中国好的园林就有构思，就有境界。王国维在《人间词话》中说，词要有境界，晏几道有晏几道的境界，李清照有李清照的境界。所以我就提出八个字："园以景胜，景以园异。"许多外国人来我国旅游，中国导游人员讲花园，讲不出境界。外国人看这个花园有景在里头，那个花园也有景在里头，有什么不同？导游人员就讲不出，他不懂得"园以景胜，景以园异"。我们造园林有一条，就是同中求异。同中求不同，不同中求同，即所谓"有法而无式"。

"法"是有的，但是"式"却没有，没有硬性规定。我们有许多人造园，不是我讲笑话，就好像庸医，凡是发烧就用一个方子。如果烧不退，另外的方子就拿不出来，这就说明他没有理论上的武装。有了园林的理论再去学习园林设计，那个园林才是好的。最近同济大学修了个花园，我回来一看就批评起来。我问："是哪个人叫你搞的？你把你造这个花园的理论讲出来，讲出来我服。好！你讲不过我就拆。为什么造这个建筑，为什么种那株树，你说服不了人，说明你没有一个理论。"我们有些风景区之所以搞不好，就是这个原因。最近我到泰山去，泰山要造缆车。我说泰山是什么山？泰山是国家统一、民族团结的象征；是我们国家的山，民族的山，是风景区，是个国宝。你在那里搞个缆车，在原则上讲不通。我们知道，外国在旅游上有一条，叫旅游关系问题。

一个是旅，一个是游。旅要快，游要慢。旅游是有快有慢。就好像我们在外头吃中饭一样，在国内吃饭，是等的时候多，吃的时候少。而在外国是吃的时间长，等的时候少。外国旅游也是旅的时间少，游的时间多。我们现在呢？泰山装上缆车，一下子就到泰山顶上，那么还游什么？我们是登山唯恐不高，入山唯恐不深。你这个缆车一装以后，泰山就不高了，根本违反旅游原则。另一方面，人家一游就跑了，我们还有什么生意买卖可做呢？这叫愚蠢之极。日本的富士山是他们的国宝，他们就不造缆车。日本人到中国来做生意，要造缆车，他们门槛很精。如果我们在泰山装缆车就上当了，就得不偿失。你们造缆车，就等于从上海到北京，坐上飞机一下子就到了，还搞什么旅游？

中国园林，各园都有不同的特点，不同的指导思想。做事情没有一个指导思想，就不能将事办好。比如上海最近有股风，搞绿化都喜欢在围墙边种水杉。好啊！围墙是为了防盗，墙里种水杉正好方便了小偷。古园靠墙，只种芭蕉不种树，就是这个道理。所以中国造花园，首先要立意。任何东西不立意不成。立意之后就要考虑如何得体。立意与得体两件事是联系起来的。造园也要讲究得体。大花园有大花园的样子，小花园有小花园的样子。苏州的狮子林，贝聿铭建筑大师去，他看了觉得不舒服，说这个花园是哪个修的？我说，你家的那个账房先生请来一些宁波匠人，宁波匠人造苏州花园，搞了一些大的亭子，大的桥，风格就不对，园林小而东西塞得多，这就不得体。苏州网师园有什么好？就是它得体，它园林小，亭子也造得小，廊子也造得小，看上去就很相称。现在有的男青年，穿得花枝招展，你讲他不好，他觉得蛮漂亮，你讲他好吧，实在不高明。齐白石老先生曾画过一只雄鸡，上面题了十个字："羽毛自丰满，被人唤作鸡。"用来讽刺他们，讥笑得很得体。有些人盲目学外国人，男的留长发，也不得体。理得短一点英俊一些有什么不好呢？所以，处事要因事制宜，造园要因地制宜。

　　园林的立意，首先考虑一个"观"字。我曾经提出过"观"，有静观，有动观。什么叫动观？动与静，是相对的，世界上没有相对论，便没有辩证法，就不成其为世界。怎样确定这个园子以静观为主呢？或者以动观为主呢？这和园林的大小有关系。小园以静观为主，动观为辅。大园以动观为主，静观为辅。这是辩证法，园林里面的辩证法最多。这样一来得到什么结论呢？小园不觉其小，大园不觉其大；小园不觉其狭，大园不觉其旷。

所以动观、静观有其密切关系。我们现在的画,展览会里的大幅画,是动观的画。这种大画挂到书房里,那就不得体了,书房画要耐看,宜静观。

动观、静观这个原则要互相结合。要达到"奴役风月,左右游人"。什么叫"奴役风月"呢?就是我这个地方要它月亮来,就掘个水池;要它风来,就建个敞口的亭廊,这样风月就归我处置了。"左右游人",就是说设计好要他就座,他就坐,要他停就停,要他跑就跑。说句笑话:"叫他立正不稍息,叫他朝东不朝西,叫他吃干不吃稀。"这就涉及心理学,涉及美学。要这样做,就要"引景"。杭州西湖,有两个塔,一个保俶塔在北山,一个雷峰塔在南山,后来雷峰塔塌了,所有的游人,全部往北部孤山、保俶塔去了。后来我提出:"雷峰塔圮后(即倒了),南山之景全虚。"南山风景没有了。这就是说没有一座建筑去"引"他了。所以说西湖只有半个西湖,北面西湖有游人,南面西湖没有游人。我建议重建雷峰塔,以雷峰塔作引景,把人引过去。园林要有"引景"把他"引"过去。所以,山峰上造个亭子,游客就会往上爬。"引景"之外呢,还有"点景"。景一点,这样景就"显"了。所以,你看,西湖的北山、保俶塔一点以后,北山就"显"出来了。同样颐和园的佛香阁一点以后,万寿山也就"显"出来了。不懂得"引景",不晓得"点景",就不了解园林的画意。还有"借景",什么叫"借景"呢?"借景"就是把园外的景,组合到园内来。你看颐和园,如果没有外面的玉泉山和西山,这个颐和园就不生色了。它一定要把园外的景物借进来,比方说,一座高房子,隔壁有花园,透过窗户,人家的花园就同自己花园一样。如果隔壁是工厂,就觉得不舒服。所以我们现在要讲环境美,这也要"借景"。还有呢,是"对景",使这个景同那个景相映成趣。比如说今天讲课,我同诸位的关系,就是对景关系。园林讲对景,处世讲态度,"态度"也是对景,现在外面有些"小师傅",好像"还他少,欠他多",对景真不舒服。

动观、静观、点景、引景、对景,总的还在于"因地制宜"。"因地制宜"也是个辩证法,就是根据客观的条件来巧妙安排,比如说:园林的凹地就因它的低,挖成池子,那面的高地,就再增加其高度堆积假山。这叫作因地制宜。我们造园,就要因地而造成山麓园、平地园、市园、郊园……山麓建的园,就要按山麓的地形来造园。

陕西骊山有个华清池,是杨贵妃洗澡的地方,它应该按山麓园布置高低。可是搞设计的那位大先生,却是法国留学生,他把地全部铲平,用法国图案式的设计,这样就不妥当了。所以说,"因地制宜"是相当重要的设计原则。造园先要懂得这许多原则,而这些原则在美学上是什么理论呢?我个人的看法,就是真,真就是美。不真不美,例如堆山,完全能表现出石纹、石质,那才是美的。树木参差也是美。人也如此,讲真话是美,讲假话不美。矫揉造作,两面派,包括建筑上的虚假性装饰,如西郊公园的水泥熊猫,城隍庙池子里搞的水泥鱼,就不美!现在搞水印木刻,唐伯虎的画,齐白石的画,风格几乎一样,毛病就是不真,它不是作者自己的表现,而是雕刻人的手法。我们园林艺术要"虽由人作,宛自天开",这就是"真"。外国有个建筑师说:"最好的建筑是地上生出来的,而不是上面加上去的。"这句话还是深刻中肯的。最好的园林确定哪里造一个亭子,哪里造几间廊子,这应该是天配地适,就是说早已安排好了的。这就是好建筑。最近对大观园争论很多,我讲,你们不要上曹雪芹的当呀!曹雪芹已经讲了,大观园洋洋大观,是夸张之词,对不对?硬拿着曹雪芹的《红楼梦》来设计大观园,一设计就要三百亩地呀!所以上次《红楼梦》大观园模型展览会上,我就这么讲:"红楼一梦真中假,大观园虚假幻真。欲究当年曹氏笔,莫凭世上说纷纭。"这就是《红楼梦》中大观园真中有假,假中有真。

这个花园，有花园之意，无花园之实，它是一个园林艺术的综合品。所以，以虚的东西去求实的，就没意思！园林上的许多问题，不提到美学高度来分析，只停留在一个形式，这就是形式主义。中国园林有中国的美学思想、文学艺术的境界。这个学问是边缘科学，涉及比较多的方面。一般说，我们看花园凡是得体的，都是比较好的花园；凡是矫揉造作的，就不是好花园。归结来归结去，是一个境界的问题。我讲园林有法，而没得式，到底"法"是什么呢？因地制宜，动观静观，借景对景，引景点景，还有什么对比、均衡等许多手法。这许多手法，怎么具体灵活来运用它，看来是简单，而实际并不简单，说它不简单又简单，这如做和尚一样，有的人终生做和尚，做了一辈子，还没有"悟"道，不是真和尚。这里面有境界高与境界低的问题，园林艺术，对于设计的人来说吧，是水平问题。计成讲过一句话："三分匠七分人。"这句话不得了呀！说这是污蔑劳动人民，造个花园主人倒七分，匠人只三分，你站在什么阶级立场上讲话？其实，不是这个意思。他是说七分主，是主其事者，我们说主其事，是负责设计的人，匠呢？是工作者。设计人境界高，花园好。一本戏的好坏关键在导演。诸位都是美学老师，都是灵魂工程师，将来全国美不美均寄托在诸位身上。我主张美学要同实际联系起来，不要停留在黑格尔等许多外国的名词上。现在提倡美育，这非常重要，要唤起民众哟！

中国园林艺术很巧妙，它运用了许多美学原理。就拿花木种植来讲，主要是求精，求精之外适当求多。有一次我在上海园林局作报告，对局里的一些书记、主任说，你们向上级汇报，光讲十万、五万株苗木，这不说明问题，你们连一株小冬青也算一棵，听听数目不得了，

［清］石涛《莲芝兰花图》

实际起不了作用。中国园林的植树，要求精不求多，先要讲姿态好，尤珍爱古树能入画，这才有艺术性，才能有提高。多而滥还不如少而精。中国人看花，看一朵两朵；外国人求多，要十朵几十朵。中国人看花重花品德，外国人重色，中国人重香，这种香也要含蓄。有香而无香，无香而有香，如兰花，香幽。外国人的玫瑰花，香得厉害，刺激性重，这也是不同的欣赏习惯。

园林中，美的亭、台、楼阁，可以入画，丑的也可以入画，如园林中的石峰，有清丑顽拙等各种姿态，经过设计者的精心安排，均可以入画，这里就有"丑""美"的辩证关系。所以说园林艺术与中国古代美学思想、哲学思想有着紧密联系。有人喜欢游新园，这也是不在行。从前扬州人骂盐商，骂得好："入门但闻油漆香。"——新房子；"箱中没有旧衣裳，堂上仕画时人古。"——假古董。下面一句骂得凶，"坟上松柏三尺长"。我们现在有的花园，"入园但闻油漆香，园中树木三尺长"。所以园林还要经过历史的经历，它太新也不好，要"适得其中"。这个"中"，在中国美学中很重要。孔老二讲："无过不及。"不可做过头，要"得体"，"得体"者就是"中"。所以中国园林的好，求精不求滥。比如讲"小有亭台亦耐看"，"黄茅亭子小楼台，料理溪山却费才"。黄茅亭子，设计得好，也是精品，并不是所有亭子造得金碧辉煌，才是好。"小有亭台亦耐看"，着眼在个"耐"字。所以说要得体，恰如其分。中国园林艺术是以少胜多。外国要几公顷造一花园，中国造园少而精。

"少而精"，就是艺术的概括和提炼。中国古代写文章精练，五言绝句中只二十个字，写得好。现在剧本中为什么一些对白这么长呀！他不是去从古代剧本中吸收精华，所以废话特别多。你去看《玉簪记》，"琴挑"的对白多么好，一个男的在弹琴，弹的是《凤求凰》。女的问他："君方盛年，为何弹此无妻之曲？"回答是"小生实未有妻"，他马上坦白交代。女的接着说："这也不关我事。"好！这三句句子，调情说爱，统统有了。所以"精练"这个手法是我们美学上、文艺理论上一个高度的手法。

园林中还有一个还我自然的问题。怎么叫"还我自然"，我们造花园，就要自然。自然是真，真就是美，我们欣赏风景区，就要欣赏它的自然。当然风景区并不是一个荒山，需要我们人工的点缀，这就涉及美学问题。什么样的风景区，就要加上什么样的建筑，当然包括点景、引景等这许多原则。搞得好，它是烘云托月，把自然的景色烘托得更美。我们要"相地"，要"观势"。从前的风水先生，他也要"观"，要"相"呢。你们知道，中国的名山大部分都有和尚庙，他也要"相地"，也要"选址"。选地点，是有规律的，它是一个综合的研究。你看和尚庙，他选的地方一定有水，有日照，没有风。房子没有造，他先搭茅棚住在这里，住上一年之后，完全调查清楚之后才正式建造的。所以天下名山僧占多。他要生活，又要安静，他就要有一个很好的地点。所以选地非常重要，不但庙的选址，有名的陵墓的选址，也是这样。比如南京的明孝陵，风不管多么大，跑到明孝陵便没有风。了不起啊！跑到中山陵则性命交关，风大得不得了。明孝陵望出去，隔江就是对景，中山陵就没有对景。所以过去好的坟墓，比如北京的十三陵，群山完全是抱起来的，因此选址很重要。

我主张在风景区搞建筑物，要宜隐不宜显，宜低不宜高，宜麓不宜顶，宜散不宜聚。要谦虚点嘛，不要搞个大建筑，外国人来，喜欢住你这个高楼大厦吗？风景区搞建筑，如果不谦虚，要突出你个人，必然走向反面，搬起石头砸自己的脚，给人家骂。所以风景区搞建筑，先把老的公认为优美的建筑修好，大的错误就不会犯。我在设计的问题上，常常提出要研究历史，要到现场去，不看现址不行。你到了那里以后非得两只脚东南西北走一走，才能了解现场。因此不能割断历史，我们搞美学也不能割断中国的美学历史。不懂中国历史，又不了解今天，你不做历史的研究，不做一个调查，那就要犯错误。拿外国的当成神仙，会出笑话。你不明白中国美学体系，不明白中国美学特征，不明白中国人的思想感情，你拿洋的一套来论证，怎么行？我们要立足于本国，以其他做旁证。他山之石，可以攻玉。我们有中国的美学体系，中国的思想体系，中国之所以不亡，也在于此。所以我提倡要读中国历史，要读中国地理。如果不读中国历史，不读中国地理，将来就有亡国灭种的危险。

中国园林，除了建筑、绿化之外，还同中国的画，同中国的诗结合得很紧。画是纸上的东西，诗是文字上的东西，园林是具体的东西。把中国人的感情在具体的东西上体现出来，这就是中国园林了不起的地方。中国园林有许多是真山的概括，真山的局部，真山的一角。从山的局部能想象出整体，由真实的东西概括出简单的东西，这叫作提炼概括。一株树只看到一枝不看到整体，一个亭子只看到一角不看到整体。所以有"假山看脚，建筑看顶"的说法。此外，还有虚景。虚景就是风花雪月，随时间的转移而景有不同。春有春景，夏有夏景。中国园林是春夏秋冬、晦明风雨都可以游。说来说去就是要从局部见整体。你想要无所不包,结果是一无所包,你越想全就越走向不全。搞中国园林就得懂得这个道理。

除了上面说的以外,园林还要借用其他文学,比如亭子的命题之类,来说明风景好坏。大明湖是"四面荷花三面柳,一城山色半城湖"。这两句题诗就点出了大明湖景致特点。所以园林的题词是点景。现在我真不懂,一个园林挂了很多画,比如上次我去苏州,一间外宾接待室挂了四件东西,一件井冈山,一件南湖,一件延安,一件遵义。你这里是外宾招待所,还是革命纪念馆?还有苏州花园里挂桂林风景画,简直是笑话。园林里还要用什么风景画来烘托?中国园林是综合艺术,中国的园林是从中国文学、中国画中得来的。如果一个园林经不起想象,这个园林就不成功了。一个人到了花园里就会想入非非。想入非非好,应该允许人想入非非,如果不能想入非非,这个人就麻木不仁了。园林要使人觉得游一次不够以后还想来,这个园林就成功了。园林除了讲究一个树木姿态、假山层次、建筑高低之外,还讲究一个雅致问题。雅同审美有关系,同文化有关系。为什么青少年京戏、昆剧不爱看?因为我们的京戏、昆曲节奏慢,而青年人喜欢节奏强烈、刺激的。雅能养性,使人身处花园连烦恼都没有了。比如苏州网师园,我们游一次要半天，两个小青年五分钟就看完了。我有一次陪外宾，游了半天，他们越看越有味道。有许多东西他们不理解，你一讲他明白了，也觉得有味道了。真正对这个园林有所理解，才能把握美在哪里，这样导游人员才能像我们老师一样做到循循善诱。

一个园林有一个园林的特征，代表了设计者的思想感情，代表了他的思想境界。园林没有自己的特征，这个园林就搞不好。一所好的花园要用美学观点去苦心经营设计，这里构思很重要，它体现了人的思想感情、思想境界，对游人产生陶冶性情的作用。园林是一个提高文化的地方，陶冶性情的地方，而不是吃喝玩乐的地方。园林是一首活的诗，一幅活的画，是一个活的艺术作品。在杭州西湖，一些小青年穿个喇叭裤，戴副大墨镜爬到菩萨身上去拍照，真是不雅，配上菩萨那副光亮的面孔，有什么好看，这样还有什么资格去旅游。诸位是搞美学的，我不过是提供一些看法，供你们将来作文章，帮助呼吁呼吁。

"游"也是一种艺术，有人会游，有人不会游。我问一些人，你们到苏州，那里的园林好吗？他们说：差不多，倒是天平山爬爬，扎劲来。为什么叫拙政园，他连"拙政园"三个字都不知道，他不懂得游。游要有层次，比如进网师园，就要一道一道进去看，现在它开了后门，让游人从后门进出，就是不懂这个道理，因为他不了解园林以及古代生活情况、起居情况。

造园难，品园也难，品园之后才能知道它的好处在哪里，坏处在哪里。1958年，苏州修网师园，修好以后，邀我去，一看不行，有些东西搞错了，比如网师园有个简单的道理，这边假山，那边建筑；这边建筑，那边假山，它们位置是交叉的。现在西部修成这一边相对假山，那一边相对建筑，把原来的设计原则搞错了。园林上有许多原则，其实很简单，就是要处理好调配关系。所以能品园才能游园，能游园就能造园。现在造花园像卖拼盘，不像艺术建筑，这就是缺少文化，没有美学修养。

你们是搞美学的，要多写点评论文章，这有好处。比如我们看画，这幅是唐伯虎的，那幅是祝枝山的，要弄清它的"娘家"。任何东西都有个来龙去脉，有个根据。做学问要有所本，搞园林也要有所本。另外，我国古典园林是代表了它那个时代的面貌，时代的精神，时代的文化，这同美学的关系也很大。要全面研究园林艺术，美学工作者的责任也相当重。

1981年11月全国高校美学教师进修班讲演记录

裱画店

每天总要去同济大学裱画室"缀秀轩"中去坐一下，这种坐裱画店的习惯，是"年既老而不衰"。说来也话长了，小时候在江南的市镇，没有无裱画店的，从前称为"装池"，却有一个很雅致的招牌，门面都以朝北为多，因为裱画是不能受强烈日照的，大多单间门面，正中一张裱桌，它的上首一张四方八仙桌，两张椅子。这画桌是裱画师的工作处，而四方八仙桌，又往往是江南画师临时的画桌，夜间画桌就是他的临时床了。壁上满贴着裱的画，简简单单，没有过多的东西，但却是引人入胜的地方，是我半世纪多来流连忘返的地方。

文化的传播是多样化的，人们的知识并不单从书本与传授中得来，我虽非画家，但半生涂抹，启蒙教师还是我老家邻近的那家裱画店。放学归来，经过那里，停下来看看壁上贴的画，过几天又换了，我慢慢地知道了一些书画家的名字，知道不同的画派，又看到了不少的古旧画，有时也会指手画脚评短品长，回到家中灯下也乱画起来。这个带有群众性的"画廊"，引我入了文艺的途径，多奇妙吧！

裱画店总是座中客常满，往来无白丁，有老有少，品画论字，闲谈风月，也杂着许多长长短短的街头巷闻。在这里有长我一二辈的老者，有比我大十岁二十岁的兄辈，还有与我年龄相若的，我在他们闲谈中得到很多知识。当然以书画方面最多，还能从他们不同的举止中，增长社交的见识。我细心观察裱画师怎样操作，尤其他们裱旧画时那种细心不苟的工作态度。总之，小的天地中，有那么多的东西可学到，到如今我还怀念着已逝去的许多老裱画师。每过他们的旧处，总是回首迟迟，虽然已经人去楼空、面目全非了。

现在江南市镇中的裱画店，几乎绝迹了，大地方的裱画店也变成车间了，闲人不能入内，与世无关了，我有些惆怅。这些琐碎的往事，上了年纪的人也许会有，但毕竟是少了。童年时的梦，年轻时的梦，往往于不知不觉中浮起来。我坐在同济大学裱画室中，人前谈笑风生，又有谁了解我在这中间，蕴藏了多少逝去的悲欢离合，只能说是"光阴者百代之过客"了。

1989 年 6 月 20 日

我是中国人

秋阳照在窗前的芭蕉上，绿得那么迷人，窗下的秋兰有意无意地飘来阵阵清香，我这平静的书斋，也可说有几分诗意吧。人在这境界中总有许多浮想，国逢大庆，人有喜事，我也有所抒情了。我近来为青年学生题词，总写"我是中国人"。我在国外时，爱着人民装，路上的外国人见了，总是跷起了大拇指对我说："你从北京来的。"我听了，心中总有一种说不出的光荣感，觉得国家昌盛了，个人在外国也能得到一种无法形容的自慰情绪。

也许因为我生于斯（中国），长于斯，为人民服务于斯，从细胞中，从遗传中，自然蕴藏了这世代相承的中国气质。对祖国的一草一木，我都有着深深的眷恋。记得做小学生时，就曾高唱"长江长，黄河黄，是我祖国的荣光，是我同胞的故乡"。半个多世纪过去了，垂老情怀依旧不改，我教我小孙女媛媛学唱，还是唱这首歌，在唱时我仿佛又回到了童年，又见到了大好河山。每次在长江中、黄河边，我都要默诵这词句。祖国美丽雄伟的景物，通过这纯朴的歌词，对一个中国人来说起着潜

〔清〕朱耷《芭蕉竹石图》

移默化的爱国主义教育。

前几天我应俞振飞老人之邀，去豫园参加拍摄昆剧三代人的录像，亲眼见到老一代的俞老、郑传鉴先生，次一代的梁谷音、岳美缇等，与后一代的戏校昆剧班的小同学代代传艺的动人情景。我在古戏台上观看小同学演《十五贯》，见到俞老、谷音等人的微笑，深深感到这种师谊、人情是世界上最伟大、诚挚的感情表现。中国文化就是这样一代一代往下传，永远放出万丈的光芒。在这种场合中，我更感受到了中国艺术的独特魅力，那就是园林美与昆曲美的两者巧妙结合。

清代龚自珍诗曰："无双毕竟是家山。"他是杭州人，爱西湖之美，所以这样说。但是也奇怪，他却筑小园住在昆山玉峰脚下，从他"文人珠玉女儿喉"以及文中戏曲之句推测，可能他爱昆山昆曲之美吧。如今昆山昆曲几乎绝迹了，这不能不说是遗憾之事。当年昆山玉峰游人之盛，名闻天下，也许与昆曲分不开。河山之美要人人赞赏，国家昌盛，要人人热爱、歌颂。我虽年过古稀，但我仍要用"我是中国人，我爱中国曲"尽情歌唱中国好。

1989 年国庆

人间重晚晴

初夏的秋霞圃，游客渐渐稀少了，平静的池水，宛若镜面，照影清浅，高树浓荫，天是开始骤热了。然而水殿风来，凉爽得叫人依恋。在这样的意境中，我又添上一段谁也没有的赏心乐事。我在这园景中，享受了俞振飞老人的曲情。可以说此生难忘啊！

那天早晨俞老与李蔷华夫人，驱车来我家，要我同去嘉定，在秋霞圃观看他摄录的《牡丹亭·拾画》一折，这样的诚意，我欣然应命了。车抵园中，他的门弟子蔡正仁、储玠等都恭候着。小休后，进了餐，我却蒙蒙有些午倦了，倚阑小睡"惊梦"去了，而俞老呢？静坐着化妆，等我"梦回莺啭"，他已是一位翩翩少年，谁也认不出八十八岁的高龄。我在他身前，浮起了五十年前他风华正茂时的剧照，虽然半世纪了，我还能见到老梅乍花的神韵。我又重复了那句上月他在豫园古戏台演毕后的"花好月圆人长寿"，他哈哈地笑了，这笑声中蕴藏了我们数十年的深情厚谊，没经过漫长岁月的人对此是不会理解的。

《拾画》的录像是在竹林中山石旁拍的。我站在池边，乐声响了，疏影匀动在淡妆上，随着歌喉的清亮婉转，身段、手势表演得那么妥帖脱俗，在中间只可说是中国书卷气的溢露。中国园林称文人园，文人园中就只有像俞老这样学问高深的艺术家，才能两者互得其美，曲美、景美、情美。我明白俞老要我这"知音"同去，他是深解我的人。

在演到"画尽琅玕"这句唱词时，那种对着竹上题词的神情，拾到画后以水袖拂卷的动作，太雅致了。这种神情，在我老一辈当时游园品画时见到过，如今恍如旧梦，多亲切啊！我在俞老身上，仿佛看到了历史的重演，这历史是文化史、艺术史、风俗史……

演毕了，俞老坐在藤椅中，看上去困顿极了。周志刚等四位门人抬回化妆室稍事休息，半天的录像真可说用尽平生意了。俞老曾对我说过，他不论演长短戏，都是把所有的精力用上了，才能有好成果。我虽不能演戏，但用他的话，应用在我的业务上，多少年来受用不穷，因此我们谊在师友之间。

"天意怜幽草，人间重晚晴。"向晚的园林，明净得一尘不染，斜阳将亭台花木勾勒出清润的画面。看俞老那称意而飘逸的人情，李蔷华夫人轻抚着他，信步出得园来,他回首园门,露出了依依之感。可惜没有收入镜头,这戏外之戏,不知当时有几人能欣赏到呢?

1989年6月29日

花店小坐

近半年来朋友们要我为他们题斋额，万籁鸣老先生的"随宜轩"，俞振飞先生的"衍芬轩"，还有梁谷音的"留音轩"等，都是周家有刻的，家有刻得真不差，十分有古意。谷音这次在美国演出毅然返国，思想、行动，都表现得很出色。作为同济大学教授的她，归来了，真的"留音"了，大家很是高兴。赵振寰副校长代表同济大学，去慰问一番，我也一同去上海昆剧团。当然在这次有意义的见面中，事先要我准备一束鲜花。在这暮夏天气，好的时花比较难弄到，校园中也没有，而我呢？灵机一动，安然自若，等到车过小茅屋花店停了下来，进去了，主人仿佛知我来意，为我安排了一束配合得非常妥帖的鲜花，欣然上车。赵副校长带了它，在昆剧团王济生团长接待下，亲手送给梁谷音，她高兴极了。我们在这鲜花的悦目芬芳的气氛中，谈中、谈外、谈学校、谈剧团，谈得太投机了。归来时我又在小茅屋花店小坐了一会，本来我这个"闲人"从小便喜欢走裱画店、古董摊、书摊、花店、鸟店这些地方，因为小茅屋这家花店，那块木刻招牌是我写的,形式与几位名人斋额匾差不多,颇雅致,店名也不俗。店主是我的朋友,因此便留得下人了,闲坐、闲品,在那里时间很快,而且能得到书本外的知识,温暖的人情,柔和的美感,因为是在一个小小的花世界中过暂短的清丽生活,虽说是一家商店,但没有讨厌的市气。

这几天我来到泰山脚下,这山城人家真是户户栽花,绚烂夺目,住在小楼上,望见对面的窗台上满满的盆花,这在上海是少见到的,我因此想到了小茅屋花店,想到万丈尘埃中的上海,能有此一家没有土气的花店,它叫人留恋,叫人在数千里外怀念着,可说是"室雅何须大,花香不在多",有令人难忘之感。

谷音已去日本短期讲学,去前我到她家送行,"留音轩"中这束鲜花依然娇艳地插在花瓶中,也许她在日本的旅邸中还时时在惦念着呢。好花能怡神养性,我总觉得上海花店太少一些,鲜花不够应市,因此我临行小茅屋花店时题了几个字:"我是中国人,我爱中国花,只爱真花,不看假花。"

祝愿祖国和上海装点得更美丽些啊!

1989 年 9 月

画梁软语　梅谷清音
——谈昆剧表演家梁谷音

"画梁软语，梅谷清音。"这是梁谷音得全国戏剧梅花奖时，我给她的赠言，后来刻在一块端州产的梅花砚上，也许将来可以成为戏剧历史"文物"吧。因为砚的实质与雕刻不错，我这两句话，也还说得妥帖，这比送面锦旗可能风雅一些，我国自来名演员，都有些"酸丁"在叫好呢！

我最近刻了一方印是"以园为家，以曲托命"，园林是我的本行，而昆曲呢？至少可算一个曲迷，谷音谦虚地称我师兄，因为算来我向沈传芷老师学曲，比她时间早呢！然而她今天已成为中外知名的昆剧表演家，而我呢？连开口也都开不了，但对她的艺术却可算是知音者。我在绘画、写作以及设计等的时候，没有谷音的录音听，脑子仿佛如石头一样；清音袅袅，思想便出来了。我曾经说过东方艺术是慢节奏，这慢节奏对我们文化人来说，是起着微妙的作用，昆曲对我真可说托命，而谷音的演唱，只能好处无一言了。

观人于微，对一位演员来说也是如此。暑天我与谷音及日本女留学生久保田雅代同去岱山海岛，岛上有个慈云庵，香火很盛，风景绝佳。谷音给静的山水景物与动的鸟声梵音吸引住了，双手合十跪在佛像前，她的姿态太美了，既有宗教的虔诚，又添名角的身段，虽然常人说拜佛，大家都会拜，然而出自在谷音身上，那就不平凡了，比她台上演出更细腻动人，不知她身世的人，不会找出其根源的。因为她童年时代曾寄居过庵中，耳濡目染，感受很深，宜乎其拜佛与一般人不同，因此她演出的《思凡》《下山》等折子戏，比其他人演来要高一筹，不理解的人只说她演得好，功底深，而我如今不道破这个小掌故，谁也不深解谷音戏路之广与其演技之真。我们搞文化与艺术的，我总常说，书本之外有学问，社会的现象是个大图书馆，能多体会多分析，所得造就越高。谷音近年随我学园林，园林、昆曲是姐妹行。她能以曲说园，讲出很多惊人妙论，这是她的聪敏。

有一次我听她唱《琵琶记·描容》，太凄婉动人了，我问她是不是沈传芷老师传授的，她回答说一点不错，这是长段唱腔，一人表演。谷音的能事是台上独演独唱，载歌载舞，一个演员能吸引住整个观众，这是太难了，谷音旦戏可说是全能。为什么她路子比别人宽，说来也是痛苦的回忆，她家庭清寒，一个人住在上海戏校内，可说亲朋无靠，星期天也独留校中，同学们都回家，而她呢？四顾孑然，弱小的心灵，是难以想象的，而沈老师又是家住在苏州，他假日也不外出，于是谷音被他找去，每周可多一天的学习机会，因此她除在张传芳老师等处学到的花旦戏外，又加了沈先生的许多课外教的正旦戏，沈先生是月泉先生的儿子，吴中昆剧世家，俞振飞先生亦出其门下的。像沈传芷先生与谷音的师徒关系，真可说大公无私，是我们做教育工作者的好榜样。我应该在这里特别提醒出来。

"有诗有画更添情，脉脉山泉出谷音。莫说老来清味减，名园犹作费心人。"上海豫园东部重建，这是我花了两年多时间，总算从设计到施工，如同编剧到导演一样，一个人完成了。我在叠堆的假山中，自我欣赏。最为得意的是谷音涧，这谷音涧三字的由来，其实是梁谷音启发的。那天她同我在涧前，她品题我的作品，忽然引喉一唱，嫣然一笑，而我呢，顿如佛家之悟道，这假山的"芳名"出来了，我说就叫谷音涧罢。这名字一出来，不论领导与群众，内行与外行，一致称妙。公推我题"谷音涧"三字刻在涧边石上，成为豫园一个重要风景点，这不能不说是巧遇与奇缘，多少还带点戏剧性，将来写豫园历史，必然也得提上一笔了。人们把昆曲比作兰花，这真是一点也不含糊，兰花芬芳持久，兰叶柔而且韧，柔和中带坚强，在山明水秀的江南，必然是嘉兰产地。谷音也是与兰花一样，不但产地相同，而且性格也相似，她演戏时台上的手姿，可说是柔美雅洁等如兰花，我在绘画上写兰花，以她的手姿作为范本，这是谁也想不到的事。她为人爽朗，而又柔和，她对业务真是一丝不苟，学习的精神如兰叶一样再也拉不断，而演出时，又是香溢四座。我常去看她演剧前上妆，她正襟危坐，面无笑容，一句闲话都插不进。我是知道她脾气的，她在上妆时就是严肃地考虑思索，准备上演时的一切，等到演毕卸装时，却是谈笑风生，尤其这场戏演得得意，她的表情太可爱了。人的愉快与安慰，并不是物质与金钱，在工作上作出出色成绩的时候，那时的自我陶醉，可说是最快活的了。谷音她的性格，是以艺术为她的生命，台上的功夫，人们是见得到，而在台下的学习与努力，一般人是不了解的。人家说我，你是"古建筑园林家"，怎么来个演昆剧的学生。我说戏剧家能知造园，清代的李渔不是典型在先吗？豫园留下了谷音涧，这就是戏剧与园林的佳话吧？

我对梁谷音写了这些琐碎的事，与读者们做个清谈，也许比一篇皇皇传记来得有趣得多吧!

戊辰秋曾偕梁谷音游昆山赏晚荷，促昆曲回娘家。书《临江仙》一首：

> 正是新秋天气也，
> 晚来淡月斜风。
> 亭亭池畔乍相逢，
> 靓妆方出水，
> 叶底露微红。
>
> 仿佛清音来远谷，
> 此情脉脉谁通。
> 玉峰胜事梦朦胧，
> 几时才得见，
> 顾曲画图中。

1988年12月5日于豫园谷音涧南轩

粉墙秀影

初冬的秋霞圃,平静得如水,只有墙阴的几株蜡梅花,开得那么冷洁,谷音见了凝住了神,要带归几朵,作为她"谷音轩"的瓶插。正如她愿了。人家问我,你在这般天气,去郊县何为呢?又怎么会遇上梁谷音?老实说我这昆迷,如果不是顾铁华主演《西厢记》,梁谷音、华文漪不屈居配角的话,这旧游之地,又何必冒朔风而做清游呢?钟情似我,对昆剧太痴心了。

那天虽然有些薄寒,倒有几分像初春,微阳淡抹了园林,光线是那么柔和,情景是十分宜人。这天是1989年元旦,我与上海昆剧团团长王济生兄,清晨从高速公路前往,一车飞驶,很早便到了秋霞圃,铁华正在上妆扮张生,谷音、文漪也在画眉,我见到了莺莺与红娘,谈笑风生,这原是我们常情。在化妆室中,两小时不觉过去了,这三位上过妆的角色,却带着"花脸"同去市上进午餐,虽不能说万人空巷,亦围上了许多观众,听到很多来自群众的赞赏,我只是暗暗微笑,想不到元旦在嘉定街头过着这有趣的时光,确是难忘。人生的趣味,并不在灯红酒绿之间呀！

铁华从香港赶来上海，请周宝鑫同志导演，拍一部短片录像《西厢记》，铁华是昆剧名票，得俞振飞先生亲授，因此从他扮演之角张生来说，也太妥帖了。他扮相好，嗓音又响亮，我是先听其唱，然后下午参加秋霞圃小院中拍"惊艳"这镜头。人家说看戏容易演戏难，的确是这样，不要说他们演者，如今就是我们观众拍几张照，也太紧张了。导演是司令，摄影师是炮手，而演员呢，又仿佛是炮弹，装上装下，放进放出。铁华演得是有功夫，在这看去简单而实复杂的园境中，其身段步法，与台上总有些不同，我看他应付自如，镜头如发炮，百发百中，太迷人了，太美丽了。而文漪与谷音又如牡丹的绿叶，衬托得那么雍容华贵，我几乎忘记了，是梦，是幻……我不明白，我只觉得它永远是一个不可磨灭的回忆。

这个录像，导演与演员巧妙地仅花了四十分钟，将一部《西厢记》高度概括出现了。我们造园有句行话叫"缩地移山"，拿来比喻这个录像，正恰如其分，少而精，以少胜多。而昆剧之美又蕴乎其间，园林之美又隐乎其间，说得通俗点，昆剧、园林，只怕你不亲近，又如黄酒一样，只要你一品尝，那就要上瘾，上了瘾，难以自拔了。像我这种醉人，说几句酒话，会有很多观众产生

"人生难得几回醉"的情怀吧!铁华兄可能变成绍兴咸亨酒店的"店王"了,我这阿Q的同乡妄想追随鲁迅先生,或许效果"略逊一筹"吧!

1989年元旦灯下记

华枝动素影　秋水漾文漪

十年前叶圣陶老人为我画兰题了一首诗："精挥简笔成佳构，叶瘦花腴崖角斜。忽忆往时坊巷里，绍兴音唤卖兰花。"晓色云开，春随人意，卖花声中，带来乡音，我这绍兴人对叶老的诗体会更深。如今已不复追寻得到，深巷渐渐少了，卖花也几乎绝迹，小城春色，宛若梦境。而以小城幽兰等为背景的剧本，也逐渐为青少年们所不理解，或可说不欢迎。我有此唏嘘，只怪十年动荡，动荡了多少优秀传统的东西，京昆剧的目前现象，就是青少年人没有得到接近的机会，也没有人导以欣赏的基础与常识，一说起京昆剧干脆地回答"看不懂"，拒人于千里之外，这是怨谁呢？

《玉簪记》是传统剧目之一，在人们中影响很久远，如今因为一说传统剧，就被青少年抛远了。其实这是一部富有诗意的恋爱剧，上海昆剧团最近拍成了电视剧，改名为《陈妙常与潘必正》，醒目了许多，主角陈妙常与潘必正，一个尼姑，一个书生，在庵堂中相见了，产生了感情，怎样进行了有文化的谈恋爱，实在耐人寻味。

那种剧目《琴挑》《问病》《偷诗》《秋江》等多富有诗意啊！潘必正在弹琴，陈妙常问他"君方盛年，为何弹此无妻之曲"，潘答"小生实未有妻"，接着陈妙常含羞地说："这也不关我事。"仅仅几句对白，将剧情勾引出来了，啊！巧妙地笼罩了全局，谈恋爱也表现出文化修养。记得俞振飞先生与李蔷华夫人定情时，俞先生说"委屈你了"，这位昆曲大师，运用了昆曲词句，真得体啊！我有此抱怨，现代青年人谈恋爱，情书也写不通，情诗更不必说，直截了当，有些像谈"生意"。帮了邮递员同志的忙，少了很多的工作量。剧中《偷诗》《秋江》两折戏，诗意更强烈了，简直是高度文化享受，华文漪、岳美缇两人演得那么细腻曲折，歌与舞是融化了，拍摄的现场是青浦曲水园，曲境与园景相融在一体。那《琴挑》中的"月明云淡露华浓……粉墙花影自重重，帘卷残荷水殿风，抱琴弹向月明中……"等唱词，能动荡心魄，进入清雅淡逸的境界，这在其他剧种中很难领会到，也可说是昆剧的特征。录像中有许多镜头比舞台上还要好，也可说用先进科学复活了古典名剧吧！

　　看昆剧看身段，听昆曲听笛韵，身段与笛韵衬托出了美妙的唱腔，在这三者中间，都体现出了中国人如何去欣赏美。我们造园者，对花木，往往是不讲品种，只讲姿态；而品菜是只重味道，不重营养。音乐戏剧突出旋律，而少和声。书画强调笔墨，饮酒喝茶在于细品。因此中国人以兰花为国香，最明显说明了这个问题。是单纯中见复杂，淡处得浓，讲含蓄韵味，存高雅的情调。我们能懂得民族文化中如何赏美的话，能将共通的特征一起来分析研究，就不会厚此（洋）薄彼（中），做出不恰当的轻视与鄙弃了。外国人将昆曲、绍兴酒、中国菜三项联系来作为领略中国文化的一部分，不能说没有道理。这次华文漪、岳美缇合演的《陈妙常与潘必正》，确是一部教人陶醉于民族文化的诗境录像片，也在她们两人身上看到文化素养，为这部片子叫好。

"华枝动素影，秋水漾文漪。"这是我观后美的概括，用以赠文漪、美缇。

曲情·影情·人情

曲有情生韵，景有情则显，人有情存谊，此常情也，能解之则自得了。听曲、小游、闲谈，在古代园林中，几乎是主要组成部分。也许人们的生活变了，名园似乎只是"到此一游"罢了，什么文艺作品，是再也没有比它更时髦的了。"雅趣"两个字，也随着人情的变而脱离了其中心"文化"了，反过来也许还可以说，雅趣是落后的，是士大夫的封建意思，但士大夫，还有一个士，就是读过书，有文化，我想这一点是不可否认的吧！

豫园今春龙会邀上海昆剧团清唱，梁谷音因为赶拍《潘金莲》电视录像，未能参加，感到非常遗憾。那晚俞振飞先生亦来，虽然春寒料峭，可是大家兴致极佳，体会到名园度曲，真正能显示出园景之幽，曲情之妙。因此几天前谷音约我陪她小游一次，她说要体验园与曲之美，用园林来提高她的曲艺，分明是有见地，园与曲不可分也。

梅边吹笛，松下闻琴，隔院笙歌，楼头箫声，而不一定限于舞台演出，依靠扩音机，才是高尚的艺术享受。

杜甫诗中说："兴移无洒扫，随意坐莓苔。"谷音在园中，正是如此，我们在水边廊际，听她引喉清歌，人情曲韵，照影林间，游丝一缕随风上下，散入涟漪，空灵得缥缈宛入仙境，游人驻足，为之神往。那种表情，也可说是一种欣赏。谷音的《描容》一折，可说是山谷清音，唱得太好了，真可说"人情都到曲边来"。她亦自我欣赏，放了录音，曲中人听曲中喉，她说这种纯以唱腔胜的曲子，舞台上知音太少了，可是在园林中，音节的高下起伏，无处不合拍。声循目转，水色山光，花影溪声，起了善变的和谐，中国园林是有生命、灵感还有人情的，它的美是极其复杂的。

我们要善于寻美，美亦因时、因地、因情而变，这要看你如何去寻了。春游来到，乐事从容，大家都想有一个畅怀的机会，谁也不愿做一次辛苦的"拉练"，然而怎样游得到家，那得看游者的文化水平了。游不是孤立的，游记、游诗、词曲、掌故、历史，以及绘画、摄影等，皆有助于游，先知美，再寻美，要有情而游。虽非名山大川、黄山西湖，而疏篱人家，小桥流水，芳草垂杨，野草闲花，踏走其间，趣也无穷。我在旅游方面，因为业务的关系，可以享受到点优厚待遇的，然而我往往婉谢了。我爱清游、小游，不拣名过于实的风景区，我爱村居，怕见灯红酒绿一样。也许年龄的关系，促使我走入平淡的境界，但是水墨画、兰花、修竹、昆曲、菜根香，平泉远山，恐是最难忘的一种美吧？管山管水，有画有诗，尘网中的我，稍作解脱而已。寄语谷音，不知以为然否？

知情·解情·造情
——谈梁谷音昆剧

"芳草有情，斜阳无语，雁横南浦，人倚西楼。"这是我半月来住在瑞金医院楼居凭阑的感触。当我送走了全国昆剧演员们去香港，梁谷音对我说，您要好好休息，为了我们的排练，您人是瘦困极了。果然不出其所料，三天后便进入医院，进入院来又是那么巧，上海昆剧团的王济生团长也住在院中，病闲之时天天倒可谈艺谈曲，一个人静下来容我思索，悟出了许多平时匆忙中所不能够得到的，佛有佛缘，人有人缘，连病也有病缘，这是谁也料不到的。

《文心雕龙》说得好："为情造文，为文造情。"情、文两字，是一切艺术创造的基本，但又是那么不易说明呢？半辈子沉沦在园林听曲中，渐渐益发觉得其相通之处，我对梁谷音说过："您昆剧演得好，是能知情、解情、造情。"这三者通了正如我们造园要钟情山水，胸有丘壑一样，她扮的角色，扮一样像一样，而最难能的是能掌握角色的情，恰如其分地表达出来，去香港演出前，为同济大学同学授课（她是同济兼职教授），以《活捉》一折为例，讲解了剧中主角的复杂心理，有唱腔、说白与身段。同学听了神往了，频频说好教授上课真不容易，我亦是旁听者，对自己这位老教授，亦有愧色。谷音很用功，比如她演另一折拿手戏《潘金莲》，除了对小说《金瓶梅》的了解深透外，同时她还从其他笔记、诗文等中来丰富表演技术，可以说在昆剧的演出中对剧情是知情、解情而最后达到成熟的造情来表演。谷音善于继承过去很多传统的演出技法唱腔，然而时代在变，不以今人之情去解古人之剧，不过是一个古董铺的复制唐三彩而已，所以她钻研得深，在"知"与"解"上苦下功夫。但"知"与"解"亦不是主观的，因此她能虚心地向人讨教，用曲外的东西，来丰富她的艺术，我最爱她随我游园，曲园并茂，各有所得也。

王国维《人间词话》说，学问的境界，最后是"蓦然回首，那人却在灯火阑珊处"，谷音在昆剧上的努力，也许可以说仿佛似之吧！今天他们要从香港载誉而归，王济生小谈花侧，初阳半帘，晨斋一纸，聊记我病闲之情耳。

1989 年 11 月

豫园顾曲

最近这一年多来，为了豫园东部的设计与施工，几乎隔日在乍现水石风光的工地上，回到家中，一个人在小斋沉思，园景曲情，徘徊周旋在我脑间，我幻想着在明代，当时的亭廊水榭如何？这些建筑中又怎样传出了婉转的曲声歌喉，笛韵人情，那种雅淡高洁，明代人的园林意境，如何重新表达出来，的确是耐人寻味与深思，往往在安排一门半墙，一湾曲水，都环绕着在景之外，如何能与曲境相配合。我曾说过，园境即曲境也，而曲又在园中演唱，景又烘托曲的效果，使景与曲交融着，表现出实中现虚、虚以托实的手法。

明代园林离不开顾曲，这个问题今人每每忽视，仅言诗情画意，而忘却了曲味。老实说我爱好园林，却是在园中听曲，勾起了我的深情的。到今天我每在游客稀少的园子中便仿佛清歌乍啭，叫人驻足，而笛声与歌声通过水面、粉墙、假山、树丛传来更觉得婉转、清晰、百折千回地绵延着，其高亢处声随云霄，其低回处散入涟漪，真是行云流水，仙子凌波，陶醉得使人进入难言的妙境。俞平伯先生说得好："我屏息而听，觉得胸膈里的泥土气，渐渐跟着缥缈的音声袅荡为薄烟，为轻云了。"俞先生是文学界老前辈，又是一门酷爱昆曲，可说是昆曲世家，过去他还住在北京老君堂的室中，我们住在院子中拍曲，桐荫深处，新月初升，这种使人难以忘怀的景象，到今日还欲去还来，逡巡在脑际，这是中国文化与文学的高度享受。

似乎我在考虑豫园设计时，已超出了今日设计园林常规，在顾曲上做文章了。但是无可否认的，功能要影响形式的，因为明人，在园子中要拍曲，在建筑与水的关系上是特别注意的，因此建筑物用卷棚顶，又且临水，这是拍曲听歌的好地方。我在这次豫园东部的重建时，就紧紧地安排这种场合，所以建筑中厅廊亭皆临水、依水、面水，可以说无一处不宜拍曲。就是水廊也有砖砌平顶，这样使声响效果好，至于曲折高下，水石萦回，都能体现出曲的婉约细腻的特征，我自己这样想。不久建成后，我将邀上海昆剧团华文漪、梁谷音、岳美缇等来园一试，她们三人来仅有顾兆祺一支笛，凭着几位的珠喉，唱得实在动人了，处处与园林景物节奏相符，这种一笛的清唱，纯洁、冷峻，沁人心脾，比舞台上更亲切、恬静，演唱者与听者一点隔阂也没有，文漪的婉约，谷音的爽朗，美缇的雅秀，曲似其人，人如其曲，她们雅爱园林，深知园林美与昆曲美，因此沉醉在《牡丹亭》《玉簪记》《西厢记》等以园林为背景的曲情中，真是我们园林工作者不妨一试的事物。

中国园林张灯，为古来盛事，诗文中咏之者极多。苏州网师园张灯，万人空巷。豫园今后也要张灯，人影衣香，缥缈于楼台泉石之间，水边闻笛，花下听歌，真正欣赏一下中国园林的妙处。

豫园又移建了一座古典戏台，那在上海是最典雅与精致了，将来打算在这里演昆剧，目前正在设计戏楼，将在第三期工程中进行。到建成后，豫园顾曲与演剧必成为一个最精彩的旅游项目，用来欢迎招待世界各国朋友，观看这中国的莎士比亚。想来为期不远了。

豫园四百周年前夕

落花水面皆文章
——看昆剧《潘金莲》

梁谷音演昆剧，可说是"落花水面皆文章"。她的飘忽如行云流水的唱腔，摇曳生姿的舞态，太移情了。最近她持刘广发为她编写的《潘金莲》剧本给我，我又看了她与刘异龙、姚祖福等人的合演，的确，叹为有才华、有生活的演出。剧本好，演员不理解，也演不好戏的；正如我们造园林一样，设计施工，要一贯到底，方为佳构。

潘金莲的故事，过去认为是淫戏，因此，今天来改编重写这剧本，并非易事。在我看来，这剧本能体现出"温柔敦厚"之旨，在编剧上是成功的。

《潘金莲》根据明代戏剧家沈璟传奇《义侠记》改编。原著三十六出（折），主要为武松立传，涉及潘金莲的，只是这部传奇中的一部分。我以为，大型全本戏可以演，然连续演恐难讨好，不能本数太多。因此，将它概括浓缩不是件容易的事：第一，剧情要保持真实，不能任意删减；第二，整个剧情精华要保持，要使观众从头到尾看后，觉得对原著并没有什么违背；而且删繁去芜，感到更紧凑，剧情的变化使人更亲切明白，能在二三个小时中将它看完。这些，正是昆剧《潘金莲》改编成功的地方。

昆剧重唱重白，唱词要保持其典雅，典雅不是说叫人不懂。《潘金莲》的唱词可说是雅俗共赏，梁谷音要我的日本研究生久保田雅代译成日文，她看了也懂，她说我们日本欢迎这个戏。现在有些剧本的说白，我总觉得没有老戏用词流利简洁，赘词太多，往往唱腔少而被对白占去时间，而说白又不精彩。这个剧本中的对白是经过推敲的，很干净，而每一折戏又皆可单独地观看，能合能分，分合自如。正如我们造园一样，园中有园，大园包小园，做到每折均有戏可看，使观者有余韵可寻。老实说，我怕看那种将长篇剧本浓缩成如"压缩饼干"，硬邦邦嚼之无味，弃之可惜。无所不包，等于一无所包。如今这剧本在改编上能做到"小有亭台亦耐看"。它是通过细致深刻的立意，而加以精密的提炼概括而成的；不是浓缩的一个小模型，而是范山模水、小中见大的一座雅秀的园林。恕我玩弄我的本行，用造园来比喻剧本了——本来艺术是相通的，尤其是昆曲与园林是不分的姐妹艺术哩。名园顾曲，千古美谈啊！

主角，是剧本中的主要人物，自始至终贯穿着剧情，然而从头到尾都是主角登场，那恐怕也不算成功的呢！《潘金莲》一剧中，对主角的安排，真是有显有隐，显时能见，隐时犹在。没有主角的场面，亦仿佛主角在场，有一种平泉远山缥缈之境的画意诗情；而塑造的主角潘金莲，喜怒哀乐，各抒其情，观众感到有变化，有人情，能起共鸣作用。这也是编剧者煞费苦心的地方。"园以景胜，景因园异。"这是句造园的话，此剧的主角塑造也是"景因园异"，每次出场都有其个性与彼时情境中所应表现的情感。梁谷音是位善于体会与表现剧中人性格的演员，因此这次演来成功，可说是如造园一样，有了好蓝图才能造好园林，以致花木有态，水面有情了。

文艺作品有雅俗之分。也许有着一部分人对昆剧不感兴趣，说太高雅了。这点我们是承认的，我只怪人们不去亲近它，对较深的词句不愿理解它；相反，对听不懂的外国音乐，香港的流行歌曲，如牛吃薄荷，不敢说不懂，而连声叫好。这是感情问题，是热爱传统文化问题，不能怪罪于昆剧本身。但是，问题与现实是放在人们的眼前的，昆剧吸引不了大批观众。为了解决这个矛盾，刘广发同志新编了《潘金莲》昆剧本，内容是迎人的"三角恋爱"，又有着充满了是非的真理，把曲折的剧情能简明地表现出来，而唱词雅致且通俗，大家都懂。加上顾兆琳配上的优美曲谱，以梁谷音的歌喉，表现了潘金莲复杂的心境，令听者动容。试想，如果观者听不懂，剧场内何来那许多效果？所以说，剧本的唱词也可说是成功的。

昆剧《潘金莲》在上海、北京的演出，已经取得了成功。"万人空巷听谷音"，我为梁谷音出神入化的表演叫好，也为编剧刘广发同志所编的本子做个外行的介绍。艺术之美犹如山川之美，宜其游者自得之，昆剧《潘金莲》也是如此。若此剧再演时，读者诸君最好能亲观一下，当知我的话非虚也。

昆曲·中国菜·绍兴酒

同济大学澳大利亚女留学生李可赞,是来华由我指导的学中国建筑与园林的研究生。去年冬回国了,春节寄来一信说:"……我还想中国,关于这个问题有很多方面的,我失去与你谈话的机会,在这里没有什么好吃的中国菜,也看不到昆曲,喝不上绍兴黄酒,希望我还有机会回到中国去。"她怀着深厚的感情,作为一个外国人,还要回到中国去,这个"回"字蕴藏着一颗热爱中国之心!

一个外国姑娘,在中国住了两年,吸引她的中国的文化、建筑、园林,我们姑且不谈,但她念念不忘的,是昆曲、中国菜、绍兴酒。她在星期天几乎都上上海昆剧团去向华文漪、梁谷音学唱,一有演出就去看,拍剧照、录音,她还买了许多昆曲书回去。而绍兴呢,带了我写的《绍兴石桥》又去了很多次。喝了绍兴酒还不够,还提着酒瓶得意地回上海。在食堂中与外国同学,叫上数味中国菜,放起了昆曲录音,品尝着绍兴黄酒,她说这是中国味,中国的文化表现。

纯美、含蓄、韵味，令人陶醉，能把人的思想情绪引向一个潇洒出尘的境界。他们说五千年的文化古国，在听觉、味觉、醉觉上有它与西方截然不同的地方。他们渐渐地欣赏兰花的美。李可赞说得好，兰花的叶子是笛韵，高洁、幽香、耐看的花朵是唱腔，太美了。她认为昆剧中加上了西洋乐器作伴奏，等于中国菜上加了西洋调味，绍兴酒中加上汽水，索然无味。他们能从中国文化的特征上去欣赏听与吃，将学习的专业与中国文化联系起来，这可算是学得深与透了。

我们不重视自己优秀的民族东西，将来还要出口转内销，静待"进口国产"吗？也许过不久，上海人要吃进口大饼、油条了。但愿这不是杞人忧天和庸人自扰。不过我们一定要珍惜自己的传统。一个澳大利亚留学生产生了"回到中国去"的思绪，我被她的信触动了。

顾曲名园中
——豫园古戏台观昆剧

上海豫园古戏台建成,人们誉之为"江南园林第一台"。作为一个设计者来讲,真可谓感愧交并。"闲中歌管,老来泉石。"原是我近年来思念丧妻亡儿,无可奈何寄托感情之处。我以园为家,以曲托命,如是而已。

豫园东部重建成,古戏台也落成了,我几乎每天都在园中,补石栽竹,成为我的日课。这一周多来,上海昆剧团在古戏台首次演出,园林清音,平添佳话,虽不能说"万人空巷",但吸引了上海的外宾,他们说我们真正欣赏到中国文化了,"园林美与昆曲美"都享受到了。夕阳西下,倦鸟归林,三五游人缓步从园林中进入古戏台,回廊周接,一台耸出,整齐的石板庭院中,呈现了恬静适人的境界。再看楼外是树影山影,流水小桥,两者结合得那么秀雅妥帖。

多少年来观剧是在新型舞台,按位入座,各占一席,连动也不许动,极严格地规定你必须就范。而古戏台呢?两边有看楼,称之为"包厢";中间院中,称为"散座",

用此分出观剧的等级。正对戏台的主楼，豫园称"还云楼"，便是招待主客了。过去男女有别，女宾席外侧还要垂帘，这种古代观剧，如今在豫园尚能享受得到。

园林之佳者，在于"少而精，以少胜多"，昆剧之美，正与之相合。古戏台演剧，多为折子戏，人数不多，同园林一样有高度概括性，舞台不宜大，仿佛画中尺页小幅，不能用油画的大镜架。因此，古典折子戏一上新型舞台便感到不称，在古戏台中演出看上去很顺眼、很得体，尤其古戏台顶部呈圆形，音响极美，不用扩音器效果也很好，而看台又都用砖砌卷棚顶，更消除了杂音，听来十分清润，在剧场可行、可坐，品茗小饮，十分自由，空气也清净，明月在天，凉风拂袖，歌韵撩空，有闲云野鹤，去来无踪的感情出现。园林之美，在于"秀韵天成"，昆剧之美也正如此，要曲雅有书卷气，是高度文化的表现。梁谷音白天忙于《潘金莲》一剧的排练，晚间还天天在豫园演出，一丝不苟。梁的《佳期》观众说她是活红娘，她获戏剧梅花奖演的就是这一折戏，在古戏台上演，可说锦上添花。我屏息凝神，看她载歌载舞，如入幻境。这种戏只有在古戏台中效果方出，如果在新型的大舞台上，便觉得逊色且不够突出了。同样，岳美缇的《偷诗》，计镇华的《扫松》，亦都如此。外国人在观剧,我很注意,他们中有的是来中国学建筑园林的,也有学戏曲史的,学文学的,等等,看得都很认真,拍手也热情真挚,剧终上台与演员交谈,摄影留念,并说"园林、昆剧、黄酒"代表与象征着中国文化,在豫园观剧,三者享受了。这是到中国来最大的收获啊!

湖楼

"湖楼"，多富有诗一般的情、画一般的美的建筑啊！从小生长在西湖上的湖上人家，这个名词又是多么的亲切与依恋啊！半世纪繁华的都市生活，几乎只有静下来的时候，偶尔浮上脑间，因为我怕，西湖是在改穿西装了，像南宋时画家的那种湖楼图，是永远见不到了，也许是我的怀古情绪吧！

我爱听昆曲《湖楼》一折，在幽然的笛声歌韵中，我能幻想、遐思，我能依然回复到少年时在湖楼上品茗远眺、静想的种种逝水般的流年，这些可说是"痴梦"了，再也不会回来的"佳期"。上海昆剧团岳美缇主演《占花魁》一剧，我几乎排日往观，我沉醉在她演唱的《湖楼》一折中，美缇演小生能得俞振飞先生真传，又有俞老尊人粟庐先生的遗韵，她独台演唱，可说旁若无人，一个人在台上自由自在，能吸引住全场观众，那是太不容易了。从她的身段中可以见到湖光山色，这些风景是动的，是有感情的，是能引人陶醉的，我仿佛身在湖楼中，而她的唱腔，正如远山近水，秋波涟漪，平静得似镜，而又是照影清浅，雅淡得像水墨描的，"书卷气"三个字，在美缇的艺术中可说体现出来了。她是老友申石伽兄的高第弟子，画得一手好兰竹，因此我祝贺她演出的成功，菲薄的礼是一盆盆栽凤尾竹，也许比花篮"寒酸"一点吧！

在听曲中，我想到当年住在孤山俞楼的俞平伯、许宝驯两老了，这对仁慈的老人，他们青年时代就双栖在俞楼，宝骙、宝𫘧诸兄弟侍父也住在楼中。许家可说是昆曲世家，就是在台湾的高阳先生也雅爱度曲。高阳先生是平伯先生的内侄，许属高阳郡，因此笔名用高阳了。俞老很多文章中谈到这座湖楼，从文章中依稀想到二老当年清居的生活，尤其湖楼中望归舟，描绘得太生动了。我在听《湖楼》曲时，从美缇的演唱中，又产生了这种说回思也好，说怀人也好，说对西湖与俞楼的感情也好，说对俞许两家的交谊也好的思绪，思想实在太复杂了。昆曲能醉人、迷人，能引人到一种微妙的境界，这剧种我深信将永远地传下去，看来快有普及到世界的可能。

以园解曲　以曲悟园

园林与昆曲本是同根的姐妹行，园景与曲景不可分也。古来大曲家又是大园林家。清代的李渔可说是曲、园两界大家所知晓的。近几十年来，受了西方的影响，对我国固有的传统渐渐淡忘了，昆曲界除了俞振飞先生外，几乎很少人过问了。前几年我写了一篇《园林美与昆曲美》，俞老拍案叫绝，他说你救了园林，救了昆曲。这个道理说了出来，将使两种艺术，又重现了相互光辉的前途。当然知音之感，我是忘不了他的卓见。如今这两界的人，渐渐清楚了，苏州诸园与上海豫园纷纷以昆曲进园，平添了园林雅事。造园工作者也知道昆剧的艺术，不论身段、唱腔、唱词，莫不对造园大有启发。而昆剧的一些名演员，又都常常信步园林。如今"以园解曲，以曲悟园"，梁谷音便是钟情山水，知己泉石的一位，确是聪明人。

近两年来我主持上海豫园东部重建工程，几乎天天在园中，梁谷音经常来，看我叠山理水，建廊添楼，兴趣特别好，虽然盛暑不辞辛苦。我问她，你干劲为什么这么足,她说造园等于排戏,在排戏中可以看出名堂来,造好后等于演出,过程与辛苦,如何推敲,都看不见了,真说得到家。豫园占地仅七亩,是小园,她以折子戏的严谨性,来观察造园时布局安排的周密与逻辑。一山一木,一亭一榭,无异于舞台上一举一动,一词一句,而园林的韵律,曲折高下,又同昆曲无二致。因此她看得细,有时提出点问题和看法,对我有很大帮助。反过来这样的探讨我倒又从她那里学到了很多曲理。为了观察廊子与水面,以及堂轩中的声音效果,她歌喉乍啭,用以证实在园中唱曲时的音响是否理想,因为中国园林中必顾曲,所谓声与景交融成趣的。她喜欢观鱼,往往以食为饵,斜倚水廊,静看游鱼的动态,她体会到鱼在水中,其灵活自如,正如演员在台上的台步,要轻灵,有规律中似乎无规律,无规律中却有规律。走过假山石旁,口中哼起《牡丹亭·惊梦》的"转过这芍药栏前,紧靠着湖山石边"的唱词,在粉墙下又唱起《玉簪记·琴挑》的"粉墙花影自重重,帘卷残荷水殿风"。我看她如醉如痴,确实园林对一位昆剧表演家来说,起了极微妙的作用。她又特别关心豫园正在建造的专演昆剧的古戏台戏楼,自己爬上脚手架去,与工人们一起商量研究,希望建成为中国昆剧演出基地。她说这样真使人体会到"园林美与昆曲美"了。

曲要静听，园宜静观，观之才有得，梁谷音的舞姿是那么玲珑活泼，吐纳曲词，又那么清脆婉转，而在赏园品园上，却沉静凝神，若有所思，是将两种艺术作为融会的学习。她随我学园，是现代昆剧界第一个人，她以此充实提高她的昆剧艺术，将为昆剧更好步出新的境界。

以小诗报谷音一笑！

  才人妙解痴人语，
  未必景情异曲情。
  品石拈花才一笑，
  曲园本是同根生。

昆剧汇香江

正是秋菊争艳，蟹肥江南时节。南北昆剧九十位杰出演员，住在同济大学校园内，为去香港演出排练，弦歌绕耳，清音宜人，好光景也。我是"以园为家，以曲托命"的人，如何不感到平生快事啊！因为他们是住宿在我设计的三好坞庭园内，我是愈感亲切了。

他们短期生活在校内，我们朝夕相见，每天有四五个地方排戏，我这曲迷真疲于奔命了。百花齐放，百鸟齐鸣，南北昆剧佳作滋味我都亲赏了。10月28日这天"南北昆剧汇香江"，为同济大学师生演出了大台好戏，上海高校的外籍教师都来了，频频叫好，纷纷说"这是中国文化"。

外国人将昆剧誉为中国莎士比亚，是最古最佳妙的剧种。我的外国留学生，在学习期间，昆剧作为必修课，日本留学生久保田雅代，还学会了昆剧回国。最近梁谷音教授（同济大学文化艺术教授）赴日讲学，她还专程从名古屋去东京畅聚。

11月初在港演出的戏码都是精选的，这些剧目实在太好了，在国内是可以说几十年未有过；任团长的俞振飞老人，演员梁谷音、张继青、张洵澎、汪世瑜、侯少奎等，都是一时之选的昆剧表演家，这次香港人士可以一饱眼福了。

"良辰美景，赏心乐事"，一生中也是难得的，"秋色无边，曲情不已"，能在纷忙中抽点时间去欣赏一下，也许终生难忘吧。我曾说过，中国园林之美、昆曲之美是姐妹行，诗情画意，含蓄，耐人寻味，中国文化的一种蕴藉婉约美，正如绍兴酒上了瘾一样，天天离不开它。作为园林工作者的我，绍兴人的我，深有此种感情。我写文章也好，画画也好，设计也好，简直不可没昆曲的录音，即使血压高时，听一下也就平复了。昆剧之奇妙有如此者。也许这是曲迷的话，然而曲迷不是天生的，没有昆曲，怎么成曲迷呢？柔情如水，旧游似梦。我写到此，又记起前两年住在香港大学宾舍，在高树清谷之间，一个人听梁谷音的昆曲录音，写下了《山谷清音》一文刊于《大公报》，并见《帘青集》。如今他们都踏上香岛，香港朋友们，不要失去机会吧。

1989 年 11 月 1 日

音低音高
——写在梁谷音赴港演出前

上海豫园的谷音涧,人们从水廊中缓步行来,渐闻水声潺潺,由低而高直至涧边,抬首可看到我题的"谷音涧"三字。作为设计人的我,此景颇有自我安慰之处。其名字之由来,原是受昆剧演员梁谷音在水边拍曲时启发,如今又从这园林间的谷音,反回去联想到我多年来所陶醉的梁谷音的昆剧艺术了。上月序徐志摩致陆小曼信札,书名为《眉短眉长》。现以"音低音高"来说谷音的昆剧造诣。

豫园东部花了两年时间重建竣工。在9月间的半个多月里,古戏台天天有昆剧演出,梁谷音每晚有戏。小园难造,绝句难吟,折子戏难唱,一人演更难为。梁谷音演《西厢记·佳期》《烂柯山·痴梦》,我曾说过是"佳期无期,痴梦不痴"。这两折戏,都是旦角一人唱做到底,载歌载舞,整个舞台由她用动作与音节来控制,将观众带入美的境界。

《佳期》一折中谷音饰红娘,在获全国戏剧梅花奖时，她就被誉为"活红娘"。当台上只剩下红娘一人时，她边做边唱，活现出一个聪明、热情、大胆的小女子的神情体态，唱腔忽低忽高，高处音如绕梁，低处细似游丝，有时如山间鸣禽，有时似幽谷流泉。谷音的音色是清润、有味，秀韵天成。人们誉昆曲为兰花，谷音可说是素心兰，雅洁得没有一点尘俗。在《痴梦》中，她表演崔氏的痴心，忽惊忽喜，忽起忽坐，唱腔随着身段、表情千变万化。那几声大笑，表现了崔氏复杂的心理。梁谷音的演技已脱离了做戏的"做"字，进入了"自如""自由"的王国。

谷音自十二岁起在戏校苦学八年，之后经历了二十余年的舞台实践，正如昆曲人称为"水磨腔"一样，下了水磨功夫，才使她达到今日之艺术水平。外国人总说"园林、昆曲、黄酒"代表了中国文化，而我恰是黄酒之乡绍兴人，又是园林工作者、昆曲迷，三者都沾了边儿，于是便说了这些"音低音高"的体会。

1988年秋

《眉短眉长》序

"眉短眉长",多富有诗意的动人词句啊!"眉轩",徐志摩为陆小曼题的斋名。小曼名眉,用这个"眉"字来颜额,其中包含着多少深情厚意与多少美的境界,诗人的性灵也就表现在这个地方。志摩写过《眉轩琐语》《爱眉小札》,他对"眉"是如何的钟情啊!

《眉短眉长》的陈从周题签

"眉目传情""低眉斜视",人的感情就是在这短短的两眉之间,太神秘了。"画眉深浅入时无",唐人的诗句传诵了整个社会,文学的能量实在太大了。在昆剧后台,看梁谷音化妆,她对画眉够认真呢!眉长眉短,眉高眉低,眉广眉修,眉深眉浅,都是亲手来画。谷音是知眉的人,可惜未能及见小曼,小曼原是昆剧的名票啊。徐如麒君近编徐志摩写给陆小曼的一些信,把书名题为《眉短眉长》,这叫人太高兴了,书名取得太美了。这许多信,可说多数是情书,可作为志摩史实的一部分来对待,而辞藻之美,感情之丰,那可说真正的情语了。这些信对我来说,并不陌生,十几岁时就见到了,后来编《徐志摩年谱》及校其遗著时,都细致阅读过。如今我还常常要看,如梦如幻,我仿佛见到这两位眉轩之人,到了他们的诗境中,与现实的感触不一样,"欲改清真春思调,一秋最是忆人时",这般新秋天气,增加了我多少怀人情绪。

小曼生前,我常到她眉轩去。壁上挂着志摩的遗影,就是这书内的那张。桌上玻璃下是志摩的一张绝笔信,有杨杏佛跋。她伏案作画,清寂的楼头,旁边似乎有着一个人,这就是另一主人志摩吧。我每次在她家,就必然有这种幻境。

眉是人身上不可缺少的情感表现部分,这本《眉短眉长》也是志摩与小曼情感表现的部分，这当中有着"真、善、美"，没有丝毫的假、丑与恶，一片深情，字字流露，希望读者不要仅仅以"情书"来视它。这是一部高尚的文学作品，教人怎样做一个真的人，善良的人，脱离低级趣味的人。如麒坚欲我写序，因知志摩、小曼深，我起初是婉谢的，实在怕动笔，两年多来的凄凉岁月，颓唐得提不起笔来，"以园为家，以曲托命"，如是而已。但是我想我不写这些话，我是愧对志摩与小曼的，我没有推托的理由，"起舞不辞无气力，爱君吹玉笛"，用这老实的言语，以答如麒的一片诚心。

1988 年 9 月 19 日

《程砚秋唱腔集》读后

黄佐临先生的妹妹琼瑶女士，最近从美国到上海，她是一位戏剧教授，在意利诺大学执教，也可说是一位京昆剧的迷，她每次回国就是来做这方面的研究，排日听曲，顺手录音，挟祖国的声华，介绍给西方人士，引以为乐。这天我在校园中小坐与一青年教师在谈园林文化，她远远地招手来看我了，我们便"兴移无洒扫，随意坐莓苔"，一起畅谈起来。她告诉我赶到上海要买一本《程砚秋唱腔集》，在海外听说是出版了，到上海书店中找却一本也没有，感到实在太扫兴，她向我要书，想个办法，我说我只有一本，可送你，她便随我到家。这本书上面程砚秋先生的那张扇面画，就是画给她伯父、佐临先生父亲的，原藏在佐临弟弟、我的好友作燊先生处，作燊去世后，检遗物才发现的。砚秋先生的画传世极少，我商之作燊先生公子勃济，将此画刊登在唱腔集上，她越发激动了。她说程先生的艺术，在海外影响太大了，是深蕴着中国文化而又能推陈出新，不染一点西洋东西的纯粹东方艺术，可又不是陈旧保守不变的，他

梅兰芳与程砚秋

与梅兰芳先生同为一代宗师，不是没有缘故的。前几年李世济到香港演出程派戏，美国人从西方飞到东方来观看，如醉如狂，今天《程砚秋唱腔集》出来，有些无声无息，真令人不解啊！那天我送一本给梁谷音，她一翻出《思凡》剧照，她说这尼姑色空的服饰与表情太雅秀了，我们今日有所不及，讲得很谦抑，对前一辈有仰慕之意，谷音的为学态度是好的，青年演员应有这种风度。

因此她的《思凡》一折，不是当今独步吗！俞振飞先生"下海"最早是与程砚秋先生合台，我初次为程先生戏醉倒就是程、俞合演的《贩马记》与《游园惊梦》。程先生的剧团名"秋声社"，舞台上有一种清静爽人的气氛，人们常常称为"爽秋""宜秋"的境界，场面与舞台之间，隔以薄纱，纱上隐出几棵梧桐，乐师们在纱幕内仿佛坐于桐荫之下，而值台的一色青灰长袍，台上没有布置，程、俞二人演出，正如一幅粉墙下的芳枝修竹，配得那么妥帖动人，而歌喉抑扬，高者响遏行云，低则游丝一缕，在有声、无声之间，如身入太虚，神秘绝了，接着又音起谷间，韵入晴空，这种美的享受，唯有程腔得之。如今年华逝去已四十多年了，我每与俞振飞先生谈起这些往事，相对唏嘘，而今天仅仅印了一千六百本的《程砚秋唱腔集》，如何能满足海内外读者的需要呢？我有些不解，虽然上海文艺出版社能花了大劲将它印出来，使我肃然起敬，但是发行部门似乎工作做得太阑珊了一点吧？老实说许锦文等同志整理这部书，是花了很大精力的，将程先生的全部主要戏记录下来，可以传之后人来演唱，这功劳是匪浅的，是一部戏剧史中占重要一页的文献记录。我希望这少量的一千六百本书，国内大图书馆、剧团，应该收藏，而我这教书先生，也买了很多本赠送海外友人，因为人家来要，我虽穷也只好解囊，虽然花了一点钱，但我心是踏实的，我对得起地下的程先生，我是宣扬祖国艺术，献出了微小的力量。祖国啊！优秀的文化艺术，我们要珍惜啊！程先生，你的艺术永垂不朽，你的声音永留在世界！

《马连良唱腔集》序

京剧之流行，自晚清谭鑫培出，声名大振，其后余叔岩继之，一脉流传，正诗家之有杜甫，未变其宗也。言菊朋、马连良后起，各擅其长，有所嬗变矣；菊朋既逝，连良影响广且大，老生一席，推为祭酒，许君锦文近为其唱腔成辑，属序于余，见物思人，感慨万千。余观先生戏不少，心仪其人者久，四十年前相识于梅兰芳先生缀玉轩，小饮清谈，彬彬然有学者风，故所演出俊逸多姿，绵邈入微，盖不仅身段之儒雅，而运腔送音之远，早时尚无扩音器之设，而末座听之如在台前，正如匠人之运斤成风，人不可及者。

余交俞振飞先生厚，知俞先生深，而俞马两先生之艺，同臻高境，行云流水，舒卷自如，引人入胜，幻耶真耶，几不知其在演戏也，盖入神矣，天资学养两全其艺者。

余治园事，京昆原属门外汉，然颇悟戏剧甚有助于构园之道，盖理固相通也，园林之记不可少，唱腔之录尤不可失，锦文有心人也，此举实戏典之功臣，是书之刊，马先生必含笑于地下，余之弁言，仅志仰慕之忱而已。1987年丁卯夏初，帘映榴红，梅子黄时，濡笔于上海同济大学建筑系。

"丰子恺先生遗作展览"序

石门丰先生子恺，今世清才也。素莲一朵，出水亭亭，大千世界，感化众生。其人格与文学艺术作品，令人心折仰慕，缘盖存于斯乎。

广洽法师交丰先生久，解先生深，爱先生厚，复发扬先生身后事业，至诚至意，难得结缘友道。余敬先生，崇法师之德行，其缘非偶然也。

一吟来，谓广洽法师倡议举行丰先生遗作展览于星洲（指新加坡），宏法也。先生诸作，不能以迹象求之。内美蕴乎其中，静观自得，渐入佳境，移人性情，度人心灵，因人得道。法师之用意，非时流展览可同日而语者。

余自少私淑先生，后谒于缘缘堂中，接之温温，如坐春风。一举一言，道与艺渗透其中。无边妙境，自在得之。今先生往矣，而謦欬犹在仿佛中。法师是举，实功德无量。

丰先生晚岁，困顿于时。然胸襟坦然，仁慈未泯。辄书龚自珍"落红不是无情物，化作春泥更护花"句，以明心迹，观罢令人泪下。一吟近复持先生赠女书法长卷，卷首题"文人珠玉"，尽录古人名作，有心人也。挑灯静观，如对黄庭。盖先生穷三年寒暑，临池日课，笺逾六丈，一切烦恼，散入毫楮之间。其修心养性，道贯乎中矣。余尝题"缘缘堂"诗："几丝修髯拂窗前，一字未书浊世篇。"未为过也。

广洽法师、一吟以此次先生遗作展出，属为序，何敢辞。余欲言者岂止万千，爰抒所受教益，敢贡于世之爱先生者。

1987年夏初早莲始放，叶上初阳，于同济大学

读《朱屺瞻画集》记

朱丈屺瞻老人方刊其大型画册，盛事也，余岂可无辞以颂之。老人中华人瑞也，以期颐之寿，一生缓游于艺海中，余敬老人，老人倾交，余终以师辈长者事之也。

前岁老人年谱辑成，属为序，所言未能扬老人之德与艺于万一也，今喜见画册刊行，真元气淋漓，满目山河，宇宙之动与静包乎其间，哲理存焉。非常人之用以标榜一技之作也。古人云：仁者寿，仁者之作，以寿众生，佛家之多修功德之意亦存焉，则来日康福无疆，定符下颂。由庚午二月春随人意，后学陈从周写于豫园谷音涧南轩，朱丈杖履清游，快谈之地也。

不是书家的书家
——《丰子恺书法》序

丰子恺先生悄悄地离开了我们。时间过得那么快,已经十二年了。在人生道路上,十二年不能算长,也不能算短,这要看每个人的具体情况了。像丰先生那样,如果活到现在的话,那必然有更多更美丽的作品出现。他的一生可说是惜阴如金,没有浪掷一刻的时光。即使在最困难的岁月,还是排日临池,不废笔墨。能置是非于度外,这就是襟怀,是中国读书人高贵的品质。老实说,我是受丰先生影响较深的一个后辈。我不但景仰他的艺术文学,而尤其佩服他的立身做人,真是冲淡和平,符合他的名"仁"与字"子恺",太慈祥了。如果说弘一法师的作品是清静得没有一点烟火气,那丰先生的作品可以说亲切得没有一点世俗气,充分地表达了他的个性与伟大的人格。

每个人有不同的性格、相殊的修养、各种的境遇,而艺术文学作品也因人而异,未能一视同仁。应该说世界上没有一样的作品。师承是重要的学习过程,然而不

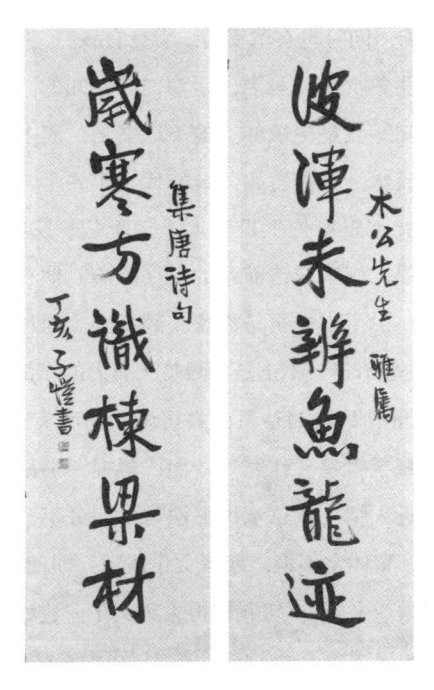

丰子恺 行书七言联

等于复制与仿造。"青出于蓝而胜于蓝"，事物本身就是这样推进着。然而那种无源之水，无本之木，放弃了学习与修养，叫嚣着"创新"，似乎不太令人折服吧！因此我曾说过："继承不足，革新太快。"丰先生的各种作品，是有继承的，同时也有革新的，贵在有我。

丰先生的文名、画名，是海内外共知的，但是丰先生的书法呢？我是更敬仰。他不以书名，而书实已名世矣。行云流水，舒卷自如，最能代表丰先生。丰先生早受庭训，父亲斛泉先生是举人；又受弘一法师的熏陶，以及马一浮、张宗祥诸前辈的交往感染。他有着很深的继承根底。由于丰先生是作家、翻译家，他那几百万字的手稿，整整齐齐，不正是他最持久有力的书法实践吗？充满着秀润清劲的书卷气，太可爱了。我有一个怪癖，我喜爱收藏学者字、作家字，而"薄视"书法家字，也许我太不近人情，我总觉得书法与学问分不开的。如果终日握笔，繁体字不识，或者文化浅陋，即使字写得好，也只能称为"书匠"。恕我说得太唐突了，也许是我的偏见。我以偏见谬赞丰先生的书法，只可说冷暖自知。

爱好是天然，丰先生是位有爱好的人。他的书法，可说秀韵天成，没有丝毫做作气。大幅小幅，手稿书札，就像风行水上，摇漾生姿。不论布局行款，都仿佛我们造园学上所说"因地制宜"、"随意安排"，那是多么不容易。看来是不经意，而实际呢，是花极大的辛勤劳动，与极艰苦的学问功夫才得来的。字如其人。我爱丰先生的书法，从书法中油然而产生对丰先生一切的景仰。

一吟是丰先生的最怜爱的小女,她受父亲的感染深,影响大。有这样的父亲才有这样的女儿。丰先生去世后,她做了大量遗著搜集整理工作,丰先生亦可含笑九泉了。最近她编选了丰先生的书法集,名《丰子恺书法》,由四川美术出版社出版。她广征博集,可说花了极大的时间与精力,其内容包括对联、立幅、册页、书信、钢笔字、日文诗、画册文集的封面题字等。这样丰富多彩的书法集,可说是从古以来书法集所没有的。一吟可说别具巧思,我为贤父女欣慰。这中间充满着人间最高贵的爱,亦是今天社会最需要与感到不足的地方。丰先生你盼望做到的,你女儿为你件件在做到。安息吧,你的精神没有死,将不朽地永垂于世界上。

1987年丁卯立秋于上海

《中国禅宗的发展和南宋五山》序

1980年秋,关口欣也君自东瀛(指日本)来华,从游于余。欣也诚笃之士也,究日本古建筑,既得博士学位,而仍感日中文化之密切关系,尤以木构建筑同一体系,非来华无以明其深且详也。欣也为学实且专,其究木构特用心于佛教禅宗建筑,明其源,则非亲历中土不殆也。故飘海来华,以了宏愿。我国禅宗建筑之盛首推五山十刹,其时适宋元之际,而又皆在浙江。余浙人也,往昔于浙江古建有所调查发现,遂有"东瀛海客浴春风"之举,余滋愧焉。欣也在我校半载,朝夕相处,析疑探幽,谊兼师友,而同行考察,山际水涯,旅邸联床,其情宛似目前也。最难忘者驱车武义桃溪,瞻仰延福寺元代正殿,欣也心情激动,几为泪下,盖其为东来第一人也,引以为荣,日本建筑史先辈伊东忠太、关野贞诸先生皆未之见也。前岁余东游横滨,欣也执弟子之礼来迎,同话旧情,相对莞尔,道义深矣!

欣也归国,撰述甚多,此《中国禅宗的发展和南宋五山》其一也。欣也在华之时,正路生秉杰留学东土之日,及返国，遂成莫逆交，欣也撰此文，秉杰为中译，二君余均解之深也。其于中日两国文化交流作出事诚资朴之贡献，此务本之学也。秉杰属余为序，我爱二君，实皆能敦品为学，品学兼优，世之难得也。序言余固难辞矣，述吾三人交谊如此。戊辰二月春寒料峭，垂老情怀，吾有望后来者，欣也、秉杰，其勉乎哉。

《日本建筑史序说》序

余治中国建筑史，初引以入胜者，其唯日本关野贞先生所著《中国文化史迹》《中国佛教史迹》诸书，图文并茂，考订精赅，私淑焉，四十年来未能去怀。今同济大学图书馆所藏先生著作，皆余历年访得者。每视斯珍，不啻亲受先生教益，肃然起敬也。关野贞先生，近代日本研究建筑史权威，其晚年所著《日本建筑史讲话》文简意赅，以极少之文字，述复杂之史变，真由博而约，撷英取华，而至精谆者，甚矣！史家不朽之作也。先生与先师紫江（今贵州开阳）朱先生启钤旧交，余昔侍几席，师每道及之，惜生前未能奉手为遗憾耳。太田博太郎先生乃关野先生再传弟子，所著《日本建筑史序说》一书，门人路君秉杰译成，举以示余乞为序。余谓史学贵谨严，论点、资料两者不能偏废，今俱见于是书矣！故知学有所宗，正如水之有源也。兹欣译本流传，国人得读其书，将为中日文化交流贡献匪浅。路君诚朴笃学，居东土有年，遍访斯邦遗构新建，译笔多亲切之处，耐人寻味，故欣为之序。时1985年乙丑，春寒料峭，莺啭高枝，薄棉犹未卸也。

《中国花卉盆景全书》序

栽花种竹自古以来为人们所喜爱的事，它能培养高尚的情操，深厚的修养，因为蕴藏着文化在其中。苏东坡说过："宁可食无肉，不可居无竹。无肉令人瘦，无竹令人俗。"讲得多风趣而有深意啊！肉似乎人必需的东西，但在他看来，竹比肉更需要，发现精神文明有时比物质文明更突出。我是爱竹成癖，不但疏影当窗，而且描容说情，对它真是缠绵一生，竹如是，其他的花木同样亦是视同知己。我总有这样的感觉，室内无花，斋前无绿，其寂寞枯燥太令人难受了。有了这些红情绿意，我的生活丰富了，我的感情滋生了，我不但可以欣赏千姿百态，我可以挥毫写生，我可以歌咏篇章，我可以因花木而高吟前人的诗词，境界太美了，可以说花木为我解忧寄情，不可一日无此君了。

世界上的事物，是可以由此及彼，往往从一点能引申到无穷东西。就养花而论，真可说是一门学问，科学家有科学的角度，文学艺术家有文学艺术家角度，我似乎有这样的看法，从一种角度去观赏，总觉得如文章一样不完篇。因此我们将两者携手起来，不是更完璧了吗？这样既能有很好的栽培、美丽的姿容，同时产生了诗情画意，从而得到文化享受。当然要达到这样完美的要求，需要多方面的熏陶，潜移默化中慢慢地渐入佳境。于是我们很有必要出版一些关于这类的书籍。赵正达同志他是位有心人，看到了这一层，花了三年的工夫，写成了《中国花卉盆景全书》一书，包括了花木的栽植、整枝造型，以及配盆、安架等诸方面。尤其值得高兴的，他跨出了一大步，将文化紧紧地结合了起来，把历代对花木的诗篇从古籍中扒梳出来，充实了该书的内容，既有栽植，又添品赏，手此一册，引人们在批红判白之中，浮现了诗的清味，雅的享受，这不能不说是高度文化享受了。这中间可以消去俗念凡思，对身心健康起了积极的作用，既养成高尚的品德，又使身心健康，益寿延年，功德无量。属序于我，谨以此琐语，预祝此书成功。我曾说过："搞好四化，必先绿化，没有绿化，便无文化。"世界进步到现在，绿化与花木欣赏，已成为文明的象征。则此书之作，岂非徒然哉。岁阑清寂，窗前玉容映翠，正水仙亭亭吐芳，清芳宜人，顿忘劳生，想读者必以赘语为非了。

1987年1月22日

《泰岱史迹》序

少时读姚鼐《登泰山记》："苍山负雪，明烛天南，望晚日照城郭，汶水、徂徕如画，而半山居雾若带然。"心向往之。艰于路遥，难遂心愿，而遍览有关泰山书籍，聊作一游耳。深觉泰山之景，有石有水，兼南北景物之长，而自秦汉以后，积千年文物于一山者，环宇中舍泰山而其谁耶。故余曾云：泰山者合风景与文化一山，游泰山乃接受祖国山川与历史最巨之宝库，泰山者实我国之象征，万民之所仰，游泰山岂仅观景而已。

余登泰山屡，近年又草撰《岱庙》一书，粗解泰山史实。而吾友崔君秀国，以近著《泰岱史迹》一书见示，老眼一明，徒滋愧颜，此真解泰山者。书能引人入胜，启人入慧，固知山水之灵，设无文化历史，即阙人文景观矣。无人文景观，未能发人深思、予人遐想，游兴淡然。故人论我国风景，其突出者盖有人文景观，其与天然景合之，则两难并矣。设游泰山缆车达日观峰而匆匆归者，余讥其不识泰山真面目，身至泰山实未见泰山也。泰山天然景观与人文景观，可谓无处无之，历史有导人深解泰山之功,读其史,知其山,心领神会,养天地正气,滋史家热情,文化修养,道德品质,两受其益。

我国不论风景园林,必皆寓之以德,用以教育人民,非吃喝玩乐而已。仁者乐山,智者乐水,言之明矣。而泰山为五岳之首,历来以参拜此山为殊荣,文章诗赋典籍所记,其数难以为计,颂德写景,各臻其美,盖泰山之情,既博且深,如流水行云,系萦游人,其能深得结果者,实在于游得其津,余读《泰岱史迹》一书,正度人以门径也。崔君居泰山久,究史证物,典实详核。余客泰山联床谈山论史,洵知之矣。今年重游其地,旧友重逢,而其学又有进境矣,复获读此篇,不以鄙陋而属为序。至于山中寺庙,石刻摩崖,胜迹奇峰,故事流传,余则不赘一辞,读者自能开卷得之。丁卯新岁,春节举灯,濡毫弁言,遥想此书出版之日,正我携之再游泰山之时,乐何如之也。

1987年春节

《日本建筑史学者关野贞》序

去秋东游日本，关野克先生鹄候于东京法政大学建筑系，相见恨晚，彼知余解其尊人关野贞先生之深也，娓娓清谈，情同故旧。盖余之究建筑史，读关野贞先生著作多，收集也广，先生不啻余之师也，故特敬仰之。回思侍先师紫江朱先生桂辛（启钤）几席，先生必谈关野先生，两老人年相若，交往频，自朱先生处颇闻关野先生在中土轶事，益思仪其人矣。今朱师辞世有年，而关野先生早归道山，缅怀逝者能不怃然。此种情怀彼此有之，声气相投，言遂无尽矣。故东游之日，与关野克先生之晤，实最难忘者，握别时持其尊人年谱相赠，展卷拜仰遗容，肃然起敬，此年谱教人如何为学之典范也。

路生秉杰从余游，得知关野先生，复留学东土，于东京大学尽观先生手迹遗稿，其受惠于先生之深，且有倍于余者，路生近译《日本建筑史学者关野贞》一书示余，其诚笃之心可见矣。属为序，何敢辞，爰述如此，秋窗岑寂，仿佛去东京帘底与关野克先生共茗之时。往事般般，想先生亦当思我也，寄语先生，期报莞尔。

1987 年丁卯 10 月

《中国名园》后记

前岁丧妻，去年哭子，颓唐老境，排忧无从，唯"以园为家，以曲托命"，终日徘徊周旋于泉石歌管间，解我何人？是稿前数年作也，兴移随笔，非为著述，亦聊志触景之所感耳。见仁见智，未必强求人同，存一家之说而已。流年逝水，花落鸟啼，今日视之，顿同隔世矣。

园林贵自然，记园之文亦宜然，其理一也。水颓风范，丘壑独存，乱头粗服，未失真相，无心藻饰，倦意增修，草草付梓，颇能见真情也。过眼行云，动人幽思，从古几人省。兹方余营上海豫园东部成，与此书之刊出，留鸿爪于雪泥，听雅曲于园林，于愿已足。此记之所以赘言也。秋月当窗，怀人天际，虫声四壁，搁笔凄然。

1988 年 9 月 29 日于豫园谷音涧南轩

《南通张先生书法》序

早岁侍南通徐益修师昂席，课余，师必时时为讲其乡先贤张季直先生謇道德文章。后又闻宋达庵姻丈希尚细述先生言行，盖宋丈受知于先生者，于是退而读先生所著书，益起景仰之心。至于先生书法，少时临习以为日课，仅知状元而已，寡闻也。

习先生书，读先生文，深解文如其人，字如其人，精气之所原也。及长以研究南通古建筑与园林，复交孙支厦老人，老人与宋丈同以土木建筑助先生建设南通者，孙翁熟悉南通近代史实，为我讲解当时先生经营之苦与事迹，见物思人，令我拜倒，故于张公祠题"先生之风，山高水长"，以颂之。

人有品，书有格，品高格雅，先生以翰苑首魁，抱经世之才，为国为乡，尽一生之力。南通之有今日，不论城市规划，市政建设，实业文化之创立，皆先生定其基，故人称张南通，或南通先生，崇高之尊也。先生平时不废临池，书则纯正沉厚，法度自存，时流所不能望及者，而书名更为事业之功所掩矣。先生文孙绪武贤兄，承家学，出先生墨迹付印，以广流传，属为序，忝在末学，敬贡芜辞，未能颂先生大德于万一也。

1989年9月于上海豫园谷音涧南轩

《古城留迹》序

曩岁余究扬州古迹园林之学，屡客其地，至则必先展太傅街阮芸台先生之故居，仰乔木，景前贤。盖先生清之名相，名儒，史册昭然，其故居犹存，史迹也。裔孙仪三从余游，承家学，好学敏思，尤留心中国城市历史之变迁，成《古城留迹》一书，属为序，把卷低回，益思阮氏有后也。

余唯历史之学，贵在勤字，所谓博闻强记者，仪三得之，而盖过之矣，非仅闭户读书一端而已。其艰困远超之也，可以脑勤、手勤、脚勤，三勤应之。中国历史之久，幅员之大，近数十年来变革尤连，此三端余深见及焉，过眼沧桑，动人幽思，时有兴感。故余用心史迹记录，而仪三深解余意，以坚强之毅力，做艰苦之调查，笔之、图之、考之。存此数十古城之旧貌，有心之人，实学之士也。治史贵有史料，史料无之，则史论焉从，且城市之史其现状之图照记录，更应详实。仪三能以十数年之功，一图一字，皆零锦碎玉，心力所寄也。集腋成裘，此书实大有助于中国城市史之撰写。至于观一城之嬗变，古迹之流连，乡土之热爱，大有助于名教也。

余老矣，恋枝情深，尝云："东西南北中华土，都是炎黄万代孙。"家国之感，海外之士，共鸣不已，则仪三此作，亦厚存此意也。蝉鸣高枝，秋凉如水，书管见如是，亦愚者所及耳。

1989年己巳秋

《蒋孝勋画集》序

蒋君孝勋奉化人也。奉化蒋氏吾浙望族，而山水奇胜，钟灵毓秀，宜人才之显出矣。孝勋敏慧，丹青挥洒，写意写情，笔底烟云，雄健苍润。画浙中山水之美，在于有山有水，两者兼存，故峰峦起伏，溪泉奔波，皆能写之也。余交孝勋始于其同筑松江天工园，石工之不能者，其能以画法构思之，园成皆誉其能，余亦钦其多才也。复出示平时作品，山水、竹石、书法等，气势磅礴，下笔凝重，迥异流辈，老眼为之一明，久欲以文张之。适其自港归，拟刊所作以供诸世，故不烦赘言，"起舞不辞无气力，爱君吹玉笛"，正此时心情之谓也。孝勋英年才盛，余度其必有成者。孝勋勉乎哉！

己巳新春序于上海豫园谷音涧南轩

《简明建筑史》（中译）序

　　治史乃通古今之变，所谓述古为今，古为今用，起继往开来之要旨，故史之良者必史述与史论不可缺其一也。虚自实生，论从事出，故司马迁、班固著称春秋之笔，昭然存乎天地间，诚不朽之盛事也。

　　建筑之术，创自太古，巢居穴处，原始之居，其后民智渐化，社会进步，建筑由低级发展至高级，而其间所历岁月，所经嬗变，自有因果。史家必述之者。世界之大，幅员之广，民族各殊，风土有异，故各地建筑各具面目，所历时间又且悠长，总以简明史笔出之，有论有议，诚不易者。路生秉杰持其新译日本藤冈通夫所著《简明建筑史》一书示余，欣读一过，知在该国中等专业学校之教科书也，读者皆非学者，必深入浅出，叙事清晰，论事扼要，而所附图版，皆撷其典型而能说明问题者，如是则青年学子能于是书中得一最简明之史实大要、发展规律。设欲从事建筑史学研究，得此入门之书，心存纲要，由此及彼，其大有功于初学者，其功伟矣！至于一般读者，手持此册，无异旅游，粗解世界建筑之古今概说，则又乐在其中矣！路生力学，以课余时间译成此书，涓涓流光，集腋成裘，其珍惜寸阴之心，尤为难得矣！生从余游久，余解其也深，齐鲁之士，淳厚笃实，人不可及，求序于余，感其诚，爰志数语归之。正江南梅雨新霁，嘉树清圆，流莺乍啭，蕉窗濡笔，绿染素笺矣。

时 1985 年乙丑 7 月 2 日

《建筑史话》序

我国对"中国建筑史"的研究，开始于近代中国营造学社，当时是一个私人组织的学术团体，在解放前做了一些工作，文献的校订，实物的调查，相并进行，初具规模。建国以来，在党的领导下，此项科学得以大放光彩，不但有了专门的研究机构，并且各高等学校建筑系，都设置了建筑史教研室。百花齐放，群卉争艳，实在是件值得欣幸的事。这门专门学术，有赖于共同的努力，而研究的方法又可以多种多样，多方面来进行。二十多年前，当庆祝建国十年盛事时，出版了《中国建筑简史》，在"四人帮"被铲除后，又编辑了《中国建筑技术史》。二书都是比较专业的。目前，正当"四化"建设的时候，须依靠科学文化的提高。科学文化的提高，尤须深入普及，故上海科学技术出版社以很大的力量来进行这艰巨的工作，其目的是很明显的。《建筑史话》便是为了这个目的进行编纂的。

建筑科学属于文化范畴，我中华民族之所以能屹立于今日世界者，因为有悠久的历史、灿烂的文化，也就是中华文化。建筑自有国界，有民族性，是文化的标志，与爱国主义教育密切相关。现在，在古代世界建筑体系中，我国建筑能独树一帜，东邻诸国均同属此体系，可见它在世界文化史上所处的地位了。故除专史之辑外，普及的读物很有必要。因此《建筑史话》是以浅近易懂的文辞，描述我国历史上伟大的建筑成就。亦史亦话，娓娓动人。读者手此一编，既有助于文化修养广博，科学知识之提高，并可兼作旅游的读物，用文字阐明图照，以图照了解实物，则长城故宫的游览，江南园林的欣赏，可更有透彻的理解，非泛泛观光而已。至于建筑专业学生可用作"中国建筑史"课辅助读物，建筑专业人员手此一编，亦可供参考之用，有助于建筑界，为益亦匪浅。我参加本书之编写，用力甚微，喻维国同志始终主持其事，今本书将行付梓，我却先睹为快，写了这几句介绍的话，想读者亦有这样的看法吧！

《园林艺术及欣赏》序

秋阳薄得如一层轻纱，笼罩在窗前的竹帘上，明净极了。耳中传来顾兆祺吹的昆曲清笛，恬淡闲适，仿佛漫步园林，涟漪花影，风轻云淡，引我到一个缥缈空灵的境界，忘世忘机，享受片刻的清福，这对我来说，应该是如何的珍惜啊！本来刘生天华写了一本《园林艺术及欣赏》的书，是给青年学生读的，要我写序，我迟迟未举笔，似乎灵感未到，今日在笛韵中却又触动了我。美这个东西，太神秘了，生活能在美好的环境中度过，也许是最大的幸福。中国园林创造的便是最美的环境。

我是研究园林的人，一谈起它，就有点美感诱人，如果园林不美，就算不了园林。因此，造园者要知美，游园者要知美，评园者更应知美。园因景胜，情因园异，"仁者见仁，智者见智"，看法便不同了，但真善美，是不易的真理，真正美的东西，看法可以一致。显然感情有时有不同，然而对美的景物还是公认的。

欣赏园林，亦正如欣赏文学、戏曲一样，多少要有一点基础与入门，这样就与一无所知的两样多了。总的说来是文化，文化的高低是直接影响欣赏水平的，园林是属于文化范畴的东西，因此与文化是不能有丝毫脱离的。天华为了使青年学生对园林美的欣赏有提高，写了这本书，实在令人高兴，也许因此书的启发引导，从而培养出文学、艺术、造园、昆曲等各方面的下一代人才。创作此书岂仅园林一端而已。

从来谈园林的人，对于中国园林与昆曲这一节，似乎涉及太少，我把这个相互关系谈出了后，如今人们清楚地认识到这个道理。天华在这本书中，引用了谬见，很有力地阐述，是对园林美学作了进一步的发展，值得提倡。我深信今后园林与昆剧二者的密切关系，将使这两种艺术同时产生更灿烂的成就。

理论深奥的专业性著作是重要的，然而，专业科普性的读物同样亦重要，对于提高文化，陶冶心情所具的效果与广泛性，有时比专业性还要明显。深入浅出，是写普及性作品最难的所在，天华敏于思，能在这点上用力，是可喜的事，我深信此书的出版，将受到大家的欢迎。春秋佳日，人影花香，钟情山水，知己泉石，园林信美，则此书将引人入胜了。

1987 年 11 月 1 日

《浙江旅游指南》序

春到江南，乍晴忽雨，说来气候有些沉闷，然而往往在小雨初晴之时，树荫与草地渲染得一片浓绿，空气清净得如春茶，甘香极了，而建筑物衬托在一片绿幕下，白墙更加清晰，大块的玻璃窗变得更深窈，一两只鸟儿在树中跳跃，破除了沉寂。这自然美和建筑美沉浸了我的心灵，暂时栖息与寄托我一天的疲躯。

美是人类的高尚享受，有时往往在极平凡的景色中，却予人以最难得的享受。老去情亲旧日游，当然也时常回忆起家乡的风光，这不仅仅是西湖，而吴山越水，又无日不在胸中萦回。浙江人民出版社近以《浙江旅游指南》见示，在我说来我是如对故人，有说不尽的话可吐，以一个老向导的姿态与大家谈谈两浙风光。

浙江以钱塘分隔，有浙东、浙西之别，统称为两浙，因自然环境各有差异，风光也有所差别了。浙东多山，浙西饶水，而明秀清雅，风格则一致也。如果以我国山川景色来讲，浙江当之无愧。它的特征是有山有水，是苍阔空灵，是一幅幅南宗山水画，淡逸得不染纤尘。我曾将浙江山水比为幅幅名画。西湖、富春、雁荡，以及仙都、方岩等，无处不宜人，无处不醉人，无处不引人入胜。在我对山水的品题中，浙江的山水，是世界上的逸品，它的明秀是任何地方山水所不及的。

风景区有自然景观，同时必须具有人文景观。自然景观与人文景观相结合，便成为有景、有情、有历史和有文化的景区。浙江的旅游在这方面是特有的享受。它是民族的摇篮，产生爱国思想的温床。带着文化去旅游，是件乐事，是个享受，因此，如果没有一本好的指南书，宛如在雾中行，所见的只是朦胧，佳处难明。旅游中的美，是多方面的，在于游者的体会，风景有四季不同，有朝夕之分，有繁华与幽静之别。我爱西湖南山，金华北山，就是在于景深含蓄。仙都的缥缈云山，天目的万竿烟雨，这些你若带着几分诗人的感情、画家的慧眼去欣赏，那才知造化之奇。人在大自然的怀抱中其感情是微妙的，甘受它的捉弄。尤其是住厌了城市的人，对洁净的空气，悦目的绿色，甘洌的清泉，更向往亲受这一份无价的恩赐，人就是这么爱好自然。浙江的山水像一个蕴藉的高士，超逸不染一尘，能促使游者气质变化，脱离低级趣味，做一个纯粹的人。至于风景题名，古寺石刻，联系了前人题咏，欣赏低回，流连忘返，往往使你留下了最美好的回忆。

风景欣赏本无成法，领会深浅全在文化素养，园林家有所谓"借景""对景"等一些造园手法，固然可有助于游者。然而大自然万物之变，人文景观之渊博史实，又岂是导游书所能详述的。尽信书不如无书，欧阳修说得好，"宜其览者自得之"，"自得之"是各取所需的。白居易曾说过"一种爱鱼心各异，我来施食尔垂钩"，对于水中的游鱼，二人就抱有各别的态度。人开其石，我看其山，正说明了对风景的态度了。

山水是有性格的，建筑是有地方风格的，它除了本身特有的造型外，是与四时朝夕的变化分不开的。南北高峰脱离不了云，满觉陇少不了桂，如果你旱天去游九溪十八涧那就一无所得了。而黛瓦粉墙要有竹影、杏花春雨，正是最好的说明。因此，旅游的季节并不限于春秋佳日，这不同的季节时间又分别地安排了游人，四时之景无不可爱，而乐亦无穷了。我曾经月夜坐灵隐壑雷亭听泉，朔风中坐断桥看里湖水碧，发人所未发的境界。我冒炎热上梵天寺看五代经幢，石墨生香，溽暑顿消。旅游是一种学问，这里要你自己去找寻。闲中风月，眼底山湖，都是由你的智慧与灵感去领会、歌颂与评价它的。我们既要欣赏风景，而且还要爱护风景，作为一个文明的旅游者，亦同时是一位创造风景的支持者。

地方风格的体现是世界上的一种神秘表现，家乡之情，祖国之情，这是永远消灭不了的，一地的土特产也是富有纪念意义的。绍兴我誉为水乡、桥乡、醉乡、兰乡，水与桥是绍兴的象征，而酒与兰却又是天下闻名的了，如果到山阴道上，这些没有领略，也是枉然。有些地方风味的东西，也唯有在当地享受才更加亲切有味，亦最使人难忘，即所谓景与情的交融，精神与物质的结合，这些并不是可用经济价值的高低来衡量的。绍兴咸亨酒店的黄酒佐以一碟茴香豆，情趣是纽约大街上所梦想不及的。当然那比较可作为永久性的纪念品，如东阳的木雕、湖州的丝绸都能事后勾引起无限的追思。

美丽的浙江，美丽的旅游指南，将吸引无数中外寻美的旅游者，来享受这短时期美丽山湖的温存，带回一些美丽的浙江特产，保持你永远的相思。

朋友们，我用"美"这个字来介绍浙江，想来并不过分吧！

《上海农村传统住宅调查》序

余来同济大学任教，朱君保良毕业建筑系，即从我游，攻中国建筑史，为我辅导诸生，同做调查研究，甚相得也。其时，余属其以上海民居入手，对传统住宅作基础之攻专，保良以我之说为是，勤奋力学，每见资料负载以归，与我细心分析，阅时遂成《上海农村传统住宅调查》一文。人事因循，方至前年得公诸于世，大有助于中国建筑史之研究也。虽然保良后弃史学，改事设计，而其曩岁所学，仍有助于今之发展。近持《上海农村居民点规划与农民住宅设计概说》示余，欣然读毕，有所感焉，深信余见非虚，为学有本，正流之有源也。温故而知新，古来名言，观此篇益明矣。保良不以我弃，能信余言之诚，属序于余，爰为记数语归之，并作介于世之读者。

1983 年 4 月 13 日于同济大学建筑系

《农村住宅设计》序

解放以来我就留心住宅建筑,但开始调查时只局限于大城市的住宅建筑。适朱君保良1953年毕业同济大学后,为我做助手,一起做了很多工作,同时我要他及时关心农村住宅建筑,因此在这方面我们的研究范围拓宽了。保良的《上海农村传统住宅调查》就在这时期完成。他很勤奋,深入农村做调查,收集了解第一手资料,正所谓"水贵有源",从而使他在农村住宅建筑的研究、设计方面有了方向和依据,并在实践中取得出色成绩,这样为学是科学的。

住宅是在建筑中最大量的,与人类的关系也最密切,而其损坏亦最速,因此在建筑史中保留古代住宅实例最少。随着经济的发展、人民生活的提高与生活方式的改变,近几年我国乡村住宅建筑起了极大的变化,古老形式的住宅日趋减少,而新建住宅又是各抒所爱,形式百出。当然其中许多既有体现地方民居风格和实用、经济、美观的农村住宅,也有五花八门、不堪入目的作品。所以,在今日应该有一本比较能适应当前需要的乡村住宅设计书。保良有鉴于此，在他学力与实际经验两方面的结合下，编成了这本书，是应该值得欣慰与介绍的。

我屡屡申说，住宅建筑贵在给人以亲切之感；使人无亲切之感，即不能言住宅。因此，在设计中对风土、人情、文化等诸方面切莫疏忽。虽然保良此书可以在设计与构造诸方面供作参考，但对地方风格，采用者还需因地有所制宜的。至于就地取材，则亦宜当知，否则，所建住宅就难言给人以亲切之感了。

春寒料峭，又兼小病，粗读此书，聊赘数语，记我与保良之谊，白头师生，把卷言欢而已。

1987 年 3 月于同济大学建筑系

《苏州园林》（苏州版）序

二十多年前我提出了"江南园林甲天下，苏州园林甲江南"的誉辞，今天已普遍认为这是对"苏州园林"最高的评价。当然，"园以景胜，景因园异"是中国园林的特色，这种特色在苏州园林中表现得更为突出。因此，这本《苏州园林》就是在这方面着眼，使人手此一册，可以坐游、卧游，以静中而赏此园，不啻费长房有缩地之术了。

苏州园林不是凭空出现的。我们知道六朝以后，继以隋代炀帝开运河，使南北物资交流，唐以来因海外贸易，江南富庶视前更形繁荣。唐末中原诸省战争频繁，受到很大的破坏，可是南唐吴越在政治上、经济上尚是小康局面，因此有余力兴建园林，宋时朱长文就吴越钱氏旧园而筑乐圃。北宋时江南承南唐吴越之旧，未受干戈，经济上没有受重大影响，园林兴建不辍。及宋高宗南渡，苏州又为平江府治所在，高宗一度"驻跸"于此，王晚营平江府治，其北部凿池构亭，即使官衙亦附以园林。至于豪门巨富之宅，其园林建筑不言可知了。故两宋之时，苏州园林著名者，如苏舜钦就吴越钱氏故园为沧浪亭，梅宣义构五亩园，朱长文筑乐圃，皆较为著者。元时江浙仍为财富集中之地，故园林亦有所兴建，如狮子林即为佳例。追入明清，苏州自唐宋以来已是丝织品与各种美术工业品的产地，地主官僚更比前集中，并且由科举登第者最多。以清代而论，状元之多为全国之冠。官僚年老退休归乡，购田宅，设巨肆，以其所得大造园林以娱晚境。而手工业所生产，亦供给他们使用。其经济情况与隋唐洛阳、南宋吴兴、明代南京相类似。

　　在自然环境上，苏州水道纵横，湖泊罗布，随处可得泉引水，兼以土地肥沃，花卉树木易于繁滋。当地产石，洞庭东西两山所产湖石取材便利。当然，附近其他区域亦产石，而苏州诸园之选峰择石，首推湖石，以其姿态入画，为造园提供了有利条件。《宋书·戴颙传》："乃出居吴下，吴下士人共为筑室，聚石引水，植林开涧，少时繁密，有若自然。"其次苏州为人文荟萃之地，诗文书画人才辈出，士大夫除自出新意外，复利用很多门客，如《吴风录》所载："朱勔子孙居虎丘之麓，尚以种艺垒山为业，游于王侯之门，俗呼为花园子。"周密《癸辛杂识》："工人特出吴兴，谓之山匠，或亦朱勔之遗风。"既有人为之策划，又兼有巧匠，故自宋以来造园家如俞澄、陆叠山、计成、张涟、张然、叶洮、李渔、仇好石、戈裕良等皆江浙人。今日叠石匠师出苏州、南京、金华等地，而以苏州匠师冠其首，是有其历史根源者。但士大夫固然有财力兴建园林，然《吴风录》所载，"虽阊阎下户，亦饰小小盆岛为玩"。不能不说当地人民对自然的爱好了。

苏州园林同中国其他地区园林一样，首重境界，就是要有诗情画意，无形之诗，无声之画，而以立体的园林来代替，达到叠石疏泉，模山范水，虽由人作，宛自天开。因此，是综合的科学也是综合的艺术，也包含了高深的哲理，在世界文化中独树一帜。

苏州园林有郊园、市园、平地园、山麓园之分。今天遗存下来的，可说绝大部分是市园，因为建筑在市区内，所以都是封闭性。城市山林闹中处静是它的特征，市园多数是住宅的一部分，我们名之曰宅园。宅园贵清新，要不落俗套。园有大小，地有水陆。立意既定，动静有分。在这方面苏州园林是分明地皆能见到。"径缘池转，廊引人随"的动观，宜坐宜赏的静观，拙政园与网师园皆为典型。因地制宜来叠山理水，几成为苏州造园之构造主要方法。其原则，不外"水随山转，山因水活"，"溪山因水成曲折，山蹊（路）随地作低平"。有法而无成式，千变万化，形成多少不同水石布置。参以亭台楼阁，巧妙安排建筑。而这些建筑又多纵横有序，与曲折的水流廊桥，构成"正中有变"的中国园林特有的造园布局手法，并体现了中国美学原理的辩证关系。

园必有格，大小各殊，安排妥帖，皆成名园，故云"得体"。"借景"有方，纳园外之景入内，可为我所用。而园中有园，其理亦同。景物互相成趣，面面有情，则称"对景"。至于高下、虚实、深淡、远近、曲直、宽狭等所起作用，予游者以变幻莫测之感，又称之为"对比"。造园者能综合诸法，终能形成"奴役风月，左右游人"之境，则人工天然皆备于我了。

情景交融，境界自出。园若无题辞，则景不显，不足以兴游，苏州以人文所萃，故题辞极精妙，不尽园含内美，有助于名教，如怡园之额有出于"兄弟怡怡"之句，而"远香""丛桂"等名称亦点出斯堂斯轩之环境。而楹联之隽永，是最好的赏景说明书了。因此，我认为游苏州园林是高度的文化享受，并对进行历史教育、爱国主义教育，都起了潜移默化的作用。而国外朋友们在"中国园林热"的今天，能亲临中国园林的精粹地，佐此画册，作用当可想象。编者用心亦可知矣。

《上海建筑风貌》序

三十年前我编成《上海近代建筑史稿》，方于去年出版，世人得初窥上海风貌。今又有《上海建筑风貌》画册出版，诚盛事也。我客居上海五十多年，青鬓转白发，昔日的上海滩，成为社会主义之世界名市，人非草木，孰能无感呢？我是搞建筑史者，建筑之变，实城市之最为突出者。上海旧称"十里洋场"，五花八门，而最主要者还是建筑。上海有"世界建筑博览会"之誉，因此来上海观上海，建筑当首映其眼帘。

上海真可说是世界建筑博览会，古今中外，几乎广收博采，这样多的建筑聚集在一起，实在太不容易了，它从一个侧面反映了上海的历史，从中可以得到教益。

近来每与外国朋友交谈，他们口口声赞美上海的各式建筑，他们也叹惜自己的城市变得太快，很多应该保存的建筑被拆除了；他们见到了我编的《上海近代建筑史稿》，总觉得自己国家的名城没有做这件事，如今已来不及了。我虽然编了这本书，但总觉得建筑实例还不够，如今再出一本《上海建筑风貌》画册，弥补了这个不足，真是再好不过的相依并存的姊妹篇了。《上海建筑风貌》精致完美，我阅后感到欢喜。这本书既是历史，又是地方志、导游图、建筑集，假如说得通俗一点，不看此书，就不了解上海，是一个"游盲"。因此，外国与外地的来上海的朋友就更为需要此书了。应该感谢上海房管局做了一件很有意义的事情。人们爱美，建筑美在日常生活中可说是寸步不离的，美的造型，美的环境，真是赏心乐事，春秋佳日，手此一册，助我清兴，长我知识，其中滋味，自我得知。我欣然将这本画册介绍给读者，相信大家会像我一样地喜欢吧。

1990年3月12日陈从周于豫园谷音涧南轩

《上海近代建筑史稿》序

《上海近代建筑史稿》在付印之前，我重新读了一遍，恍如故友重逢，倍感亲切。往事般般，仿佛如在目前，流光如电，过去得那么匆匆，一别就是三十年。当时参加工作的同志，有的下世了，有的退休了，仍在工作的也双鬓星星。而这本书经过漫长的岁月，遭受了"十年浩劫"，有幸地保存了下来，居然能与读者见面，作为我们编写者来说，会心的微笑，谁也不能理解我们今日的心情。

1958年春，建筑工程部与建筑科学研究院要编中国建筑"三史"（古代史、近代史和建筑十年成就），在各地组织编委会，并委托我在上海筹备这项工作。我从北京开会回到上海，成立了上海建筑"三史"编委会，由上海市建委领导罗白桦副主任，上海民用建筑设计院陈植院长分管此事，我则负责具体工作，人员是从各设计院、同济大学等调来的。这样我从1958年春开始一直工作到结束，为时三年。那时编写"三史"工作，近代史部分主要由章明同志负责，我主要分力在其他"两史"

之中。因为上海近代建筑史是"三史"的重点，需要大量的调查、摄影、绘图、搜集文字图片资料等，所以投下的力量最大，可以说是在全体人员的共同努力下完成的。

中国建筑的嬗变，自1840年鸦片战争以后，是起了很大的变化的。西方建筑形式与技术，在沿海大城市中兴起，尤其要推上海最为突出，建筑物保留数量不少，形式亦颇为复杂，可说是世界建筑的陈列地，它是中国建筑史中不可缺少的一页。过去对这方面未及时注意，因此，我们在编写上海建筑"三史"时，特别把近代史作为重点，并希望从上海一地的近代建筑中，可以看到中国建筑怎样在传统的建筑上起变化，外来的建筑怎样在中国土地上逐渐扩大影响，促使中国建筑向前推进。所以上海近代建筑史的编写，是刻不容缓的。虽然我们开始工作时，解放已经十年，但是上海保存着的近代建筑为数尚多，遗留下来的档案完整，许多知名人士还珍藏着当时初建成时的照片。更可喜的是，建筑界的一些耆旧尚健在，便利了我们的访问，提供了历史资料、调查线索，这些都是我们工作的有利因素。如今事隔三十年，要想做也没有和那时一样的条件了。面临这书出版之际，真是"一图一字汗涔涔"。

前年，美籍华人贝聿铭大师到上海，他带了四位法国录像师，拍摄他青少年时代上海的情况。我陪同他到曾生活过的地方，一些建筑物没有了，有的也改了样。他问我对上海近代建筑做过研究吗，我告诉他我们正在编写这本书，他兴奋地说，不简单，做得好，为中国建筑史补上了大空白，希望早日出版。我报以深切的感激，敬佩他的卓见，并促使我们有了勇气将它与读者见面。

1987年4月20日于上海同济大学建筑系

《文以兴游》序

为情造文，因文兴游，此常理也。然总发乎情，而情必以文出之，其感人也深，流传也久，往往园毁而文存，固不朽之盛事也。

豫园建于明代，今岁丁卯正四百年，沧桑屡经，典型犹存，而历代文诗题咏，胥出名士之手，丘壑溪流，楼台风月，美景良辰，触景生情，落花水面，辄成佳篇矣。故每读前人之作，助我清游，佐我构思，其境界往往即造园之立意描绘，文出景显，解园更深矣。此类文章非仅留恋光景，文酒风流之品题耳。游者必读，造园家更宜领会，庶几知中国园林与文不可分也。

中国名园题咏之品，流传兹多，惜未有专辑，豫园亦其一也。薛君理勇，成《文以兴游》一书，集豫园历代题咏、匾额，属我弁言，顾我三十余年来参与园之修整，适值重建东部，于是知园更深矣。而薛君复从题篇入手，导人以游，则功匪浅矣，深信手此一卷，盘桓景物，其所得有异于常人者，故云文以兴游。与今提倡文化旅游，不谋而合，善者良举也。

1987年6月于上海同济大学

《民俗文化片谈》序

文化这两个字，在近来看来一点不"实惠"，真正"出卖"文化的人太少了，高雅的文化更少了。在这近乎铜臭的社会中，实在怕谈文化，因为它的吸引力远不及搞开发、联营等时髦，秀才的一支笔是无法占一席之地的，何况来谈文化的文章呢？

文化的悠久与高低，标志着一个国家与一个民族的水平。我对这个问题已是一天比一天明白，凡是有几千年文化的国家，只要看它的文化、艺术、建筑等作品，都是突出而且经得起推敲与蕴藏着含蓄美的，反过来看新兴的国家，在这方面似乎是逊色了。当年诗人徐志摩宁愿抛弃在美国唾手可得的博士学位，放洋去英国剑桥大学攻读，有不少学者去印度，来中国，探研文化，其基本道理即在此。

谈文化并不容易，要有知识，要读书，要博闻强记，要虚心请益，要留心身边的各样事物，积学聚宝，那是不容易的。在我的梓室中常来不少青年朋友，仲富兰是其中之一，亦是我们有共同语言，能谈得投机的人，因为他肯读书，即使闲谈中亦非泛泛而论，总觉得在今日青年中很需要这样的人才。他为文不空论，皆言之有据，在这些短小精悍的文章中，传授给读者的是有意识的知识与文化，能转变人的气质，脱离低级庸俗。我就是爱看他的一个，我在文章中见到他的为学功力，亦想象到这位能以宣扬祖国文化为己任的作家。读者们，你们不要轻视这些文章，我们的国家今后能够永远地长留天地，就是看文化的流传了。

我欢喜听说旧书，看京昆戏，与民间老人们促膝长谈，在这些不同的场合中，我学到很丰富的民俗文化，人家叫我做"杂家"，我感到很自豪，说明我向各方面学习到东西了。富兰有心人也，不久前由知识出版社刊行了《中华风物探源》，如今又将《民俗文化片谈》公诸于世，我读了原稿，很有感触，觉得爱祖国、爱民族、爱自己周遭的一切，觉得做一个中国人是光荣的。严复在所译《天演论》序中有这样一句话："祖父虽圣，何救子孙之童昏也哉。"那时他的处境，很多人是在童昏中过的，如今重温这一句话，产生了微妙的心情，富兰有此同感乎？我希望你在这方面努力，为发扬祖国文化多作出贡献，人民是欢迎你的。这书出得好。

1987年丁卯榴开5月于同济大学

《中国古建筑与消防》序

最近黑龙江森林大火灾，这是我们历史与现实的一次沉痛的教训，告诫着大家火是最无情之物，因此老一辈总是说"火烛小心"，切莫大意啊！森林是毁灭了，也许再过若干年还可茂密起来，如果古建筑呢？一旦受到火灾，便永久消灭在人间。历史上从阿房宫的焚毁，直到前些年福建泰宁甘露庵木构的被烧，像这种事例在历史上数不胜数，可以说我国的古建筑绝大部分是因火灾而毁灭，由于古建筑以木构为主，产生了先天性的弱点，造成了这种无可补偿的后果。关于古建筑消防问题，在先进国家早已采取了措施，做了极周密的布置与大量的投资，因为日本与我们一样古建筑以木构为绝对的大多数，所以早已见及了。

建国以来，我们发现了自唐代以后很多数量的古建筑与园林，尤其可珍贵的是一些木构建筑，同时又进行了保护与修缮，对我们古建工作者来说，不能不感到鼓舞与引以为自豪的事。但是总还是存在着不足的地方，也可说是对古建筑保护最害之处，就是消防问题。古建筑绝大多数散布在较冷僻处，或山间郊外，基本上对消防来看是一个薄弱环节，甚至于有的可说还是空白，这对我们国家来说，这大批的珍贵文物，将何以使之不损与传之后代呢？时间已到了80年代，世界各先进国家，早已将这件大事做出了出色的措施，而我们不但限于经济，或是限于技术条件；有的即使做了，也是技术不过关，相反却有毁了古建筑的。因此目前能出一本对古建筑消防的书，是大有必要的。我感到高兴，我为古建筑能续命而激动。我们对事物的发展要从两方面来谈问题，往往只看到一方面，疏忽了另一方面，好心肠做了坏事，为了消防，却因不精心而损害甚至破坏了古建筑本身；更有设施不科学，起了反作用，致使容易引电导火，比不装设施还要危险，我们不能不引以为戒的。有必要在这里提一下，古建筑修缮要整旧为旧，古建筑的消防设施也要心中有"古"，就是不能有损古建筑的结构、形式、功能、装饰、彩画、石刻、题名等。如果没有古建筑的知识，是万万不能轻易在建筑方面做消防的设施，要搞好这项工作，必须多方面地协作与研究，否则为了达到古建筑防火的目的，结果却不够理想，弄巧成拙。我颇有望于从事消防的工作者，应该对古建筑有充分的专业知识，这样对古建筑消防，一定能做到更好，书的作用发挥得更大。

李采芹、王铭珍两同志近著《中国古建筑与消防》一书，承单士元前辈属余为序，我阅读了这部著作，感到万分兴奋，我们目前在中国古建筑方面确实太需要了，几十年来想讲的许多话，在书中都说得比我详尽，内心的欣慰，是无法以文字形容的。作为最早见到这书的人，我有责任，我应该介绍于读者，尤其从事文物保护工作的人与单位，必手此一书，以作"座右"，想来不为太过吧。秋凉如水，潭影清澈，时正重建豫园竣工，楼阁掩映，景色如画，更体会到使名园永垂，消防设施之重要了。故乐意写上了这些话，大家都是有心人、用心人，是为着保护中国历史文化作出贡献，同时也可说是一本历史文化书。我深信读者面必然是广的。

1987 年秋于同济大学建筑系

《太谷园林志》序

　　1964年夏，余自风陵渡过黄河，达太谷，观太谷大宅名园。盘桓旬日，虽流光如逝而记忆犹新，盖北国园林自别于南中，风土人情有所殊也，然其源为一，手法则有刚柔之别耳。惜当年匆匆，未能以详细记录，耿耿于怀。陈君尔鹤，以南人客居晋地，其先德有海宁安澜园之筑为历史名园，昔有文记之者。尔鹤好古敏求，积数年之力，踏遍太谷诸园，征之文献，成《太谷园林志》，真有心之人，老眼乍明，叹吾道不孤也。余唯近时为学，以奇说惑人，未肯以务实求之，至于深入调查，尤为畏途，遂至史学之作，既无资料，又无观点，空洞为文，余深厌之。尔鹤虽客晋中，常人似惜其远游，而余反欲其不虚此行也。若老死南中，此著述将何由得之；而晋人无此南客，亦无从得此有心人也。园林者文化也，尔鹤能鉴及是端，蔚然成章，其造福于著人，作贡献于文物园林之学，功匪浅也。雪窗明寂，瓶花妥帖，欣悦之情，言之书端，爰为序。

1989年1月于上海豫园谷音涧南轩

《郑逸梅选集》序

少时读郑丈逸梅所为文，清逸隽永，宛若妥帖瓶花，发人深思，心仪其人者久之。后负笈海上，复旅食斯土，郑丈倾交为忘年，冲和亲切，真君子人也，于是华章片言，惠余多矣，亦步亦趋，遂效颦为掌故小品。丈实吾师，余忝为私淑弟子矣。今日之能薄负时誉，饮水思源，感恩不可忘也。

丈为人高逸，吐纳多雅趣，曩岁余曾于《永安月刊》为文述之。过烟行云，匆匆四十年，丈已年登大耋，而清健犹若常人，记忆之力尤强，诚"活辞典"也，然又非秘而不宣，仍排日为文，著述层出，老而弥笃，诚世之人瑞也。丈复自谦以旧闻记者自况，实则史家也。余屡屡申言，正史不可全信，而野史掌故，不能不信，丈之书，视正史尤足珍也。其在史学上之贡献，不可泯灭矣，而行文似流水，娓娓若清谈，读之无倦容，真今时所谓文化享受者，此人之公论也。今黑龙江人民出版社将刊先生选集，善哉是举。丈著述实丰，能先以选集问世，读者得先小中见大，引人入胜，则全集之刊，势在必行中，他年郑丈期颐之庆，必正全集出版之日，余为老人颂。新岁江南，早梅初发，坐豫园谷音涧南轩，疏影暗香，益思老人杖履城南，共赏名园，为此小序，如闻謦欬中，想读者不以余言为虚也。

1989 年 2 月

《西湖胜景科学趣谈》序

《西湖胜景科学趣谈》编者来了多次信，催我写篇前言。"未老莫还乡，还乡须断肠。"我实在怕见穿西装的西湖。淡妆西子，爱好天然，原是杭州人的天性，如今有些日内瓦的初貌了，我怕。祖国文化，乡土文化，地方风格，西湖的美，似乎随着时代在变，今后变得如何我不敢讲，这个人多主意多，公要馄饨婆要面的风景区，像我辈人微言轻的书生，也不便启齿了。

但是好心肠的人还是有，他们没有把西湖看作"金面盆"，没有宣扬西湖的吃喝玩乐，不甘作低级庸俗的西湖广告，老老实实从多方面来介绍西湖，要人们对西湖了解更深入，更全面。这样做似乎跳出了近时写的那些千篇一律、东抄西拼的旅游文章，应该叫人欣慰与值得推荐的。这本名为《西湖胜景科学趣谈》，从内容看，有它的历史性、科学性、趣味性，还有导游性，不论游也好，看也好，细细品赏也好，有这样一本书，作为伴侣，深信游者不孤了。我提倡旅游是文化学习，而人们偏偏说是"白相"，大好光阴"白相"而已，我颇为不解，我认为游中有益，提高各种各样的知识，丰富自己的见闻，那才是真正的旅游。旅游者花钱在购书上，似乎比较吝啬。这与国外的朋友有些差距。"山湖处处我钟灵，佳日春秋别有情。说与常人浑不解，无书游旅等盲君。"我的小诗说得并不过分，我们现在虽然出了一些这方面的书，但是还不够理想，亦不够丰富多彩。那么，这书的出版，也可说别具一格，有值得一读的必要，尤其来西湖旅游的人，随便在哪角落中，省下极少的一点钱，买一本来阅读，开卷有益，既增加了游湖的兴趣，又学到不少东西，永远留下对西湖不可泯灭的印象，又何乐而不为呢？当然信不信由你，说不说由我，我写了这些引言，想读者不厌我的废话吧！

1989 年新春写于同济大学建筑系

《日月并升》序

　　名山观日出，游者所乐道，壮美之享受也。然天下观日出之地多矣。而观"日月并升"之处，则浙江海盐南北湖为著矣，登鹰窠顶望东海，俯视双湖，晨光拂晓。日月并升于沧波间，而隐隐湖面，又若明眸，为此山、海、湖三美集于眼帘之前者，湖海浪游，唯此难忘。

　　人但知泰山观日出，西湖作畅游，盖以名胜也。南北湖明秀平静，四山环抱，晋人桃花源不能过者，惜其名不彰，正似高人隐士，避世无闻，有负风光，则吾人未事宣扬之责。谢君秉松，鲍君翔麟，近年从事南北湖风景建设，以余力成《日月并升》一书，有心人也。文中述史，绘景，并对此"日月并升"千古之奇，试以科学论证，则文理两者兼备矣，且仅导游一端而已。

　　世之事有名大于实，有实超于名，论景说园，柔情未了。余爱此具有文人气质之南北湖景区，今名犹未显著，而其内涵蕴藉之美，耐人寻味，任人周旋，而"日月并升"之壮观，大好湖山，醒人爱邦爱国，岂只观景而已哉！

　　　　　　　　　　1989年己巳夏于同济大学建筑系

《乐峰书法集》序

"业精于勤，荒于嬉。"乐峰少孤，世之苦人也，而能以此语为学立身，余甚善其行。余陋学，学无所成，唯涉猎较多耳。乐生从余游，无以教之，但持昌黎先生（韩愈）之语为报，故近十年来成就速矣。夫今之世道，沧海横流，书无定法，欺世盗名，乐峰皆不取，是其能超于时流之上，俟他日当更有所成。此集之刊非以炫世，亦聊存为学之痕迹耳，待成益大，则又视此如叶帚焉，乐生勉乎哉。

1989年11月27日生辰于上海瑞金医院病房

《徐志摩域外散文选》序

　　诗者情也，无情不能为诗人。诗人好游，情发乎其中，可以为诗，亦可以为文，文亦是诗，不过形式不同，写作比较自由，然而诗人的散文，可以说是散文诗，有情感，有辞藻，有音节，是美的一种文学。我就是沉醉在这种作品中，莫名其妙地自己也染上了这种风格。我应该老实地说在我散文写作中，已受到了徐志摩看不出的影响。我喜欢他那抒情写景哀婉文章，《我所知道的康桥》《哀曼殊斐儿》等，那清灵的笔调，脱凡的意境，处处弥漫着涓涓清流的感情。这些作品，使我从童年就对他产生了景仰，进而对他的生世做了深入的调查研究工作，我的那本《徐志摩年谱》正是我三十岁前，对徐志摩作品着迷时所写的，是纯粹感情冲动的成果。流光是那么快，已是四十年的事了。几个月前志摩儿子积锴侄从美国寄来了我三十几年前请张大千老师补成的那幅遗像复制品，正是在我儿子陈丰在美国被墨西哥人刺死不久，心情十分恶劣，我告诉他说，你父亲当年失去你弟弟的处境，我今天尝到了。我重温了《我的彼得》一文,这篇志摩在海外哭儿子的文章,他能写得出,而我呢?几乎麻木了,一个字也挤不出来。天乎!徐如麒兄来,持《浓得化不开》一书,收集了徐志摩海外的一些文章,用了这个充满诗意的作者篇名之一为书名,真有心人也。近三四十年来,志摩的作品几乎沉沦得快没顶,然而水底的明珠终于发出闪光,又被人们重视起来。但是一班文痞,既不读他的作品,也不评述他的文学成就在近代文学史上的造就和影响,而热衷于他的恋爱生活,写得黄色下流,歪曲事实,这种缺德的行为,可说低级趣味极了,引导青年走什么道路。如麒针对着这些现象,他花了一些时间,精选了徐志摩在海外的一些文章,确是一件值得赞扬的事,这是真正爱护作家,踏实地介绍作品的举动。尤其对青年读者,看到老一辈的留学生在海外的见闻与生活;更值得可贵的,他们蕴藏着一颗热爱自己民族与祖国的心,与回国后如何拯救社会的热忱,无不若隐若现地流露出来,虽风花雪月亦都有所寄托,"温柔敦厚",诗教也。我希望读者们在欣赏这本书时,应该见到志摩的"赤子之心",想来不以我言为废话了。寄语如麒,你做了一件有益的事。

1988 年五一节

老去情亲旧日师

"老去情亲旧日师。"这是我近年来的感触,一天比一天加深,小斋独坐,常常想到他们。每次见到保存着的著作与书札,依恋之情,无殊当年,而且反而更增加了。春节,《杂家》寄来了上面有老师胡山源先生的一篇《张传芳二三事》,是谈昆剧的。开卷之际,上海昆剧团华文漪、岳美缇、梁谷音等向我拜年的电话来了。我心里很是激动,当即写了一封信给胡老师,因为我的迷上昆剧,实启蒙于胡老师。回忆在大学读胡老师的曲选课,白天上课,晚间他请客去看沈传芷、张传芳等演的戏。他又带我上他家去听张传芳教师为培菌谱曲,这样身教言传,使我爱上了这朵兰花——昆剧。流光如电,快五十年了,而我对昆剧爱好越来越深。华文漪叫我"昆剧保皇党",我是当之无愧,老实接下。到如今,老一辈昆剧家除沈老师传芷外,其他俞振飞、郑传鉴及已故的华传洪、朱传茗、张传芳等先后都成为好朋友。因此我与昆剧结下不解之缘,进而对我园林的研究,又产生了新的境界,写过《园林美与昆曲美》(见《书带集》),这些归根结底还是胡山源老师所培养出来的感情。师生的关系不是贩卖知识，而是熏陶。

文学的爱好，不仅是阅读而已，老师的教育方法是很关键的。我今日居然能短时间凑几句韵语，人们说我有"才气"，思路快，其实天晓得，没有严师的督导，人是不会变聪敏的。大学时代王蘧常师授古文、历史，又要我们当场吟诗，最多在十五分钟内成一绝句，又不许带韵书。开始真受不了，后来我知道怎样去记住格律，怎样记住通用的韵脚，怎样套用古人的诗句，通过死记死背，找到了窍门，应付自如了。到今天我能写上几句诗词，也可骗骗不解此道的人，得力在此。王老师上课时不带讲稿，引文、引典皆背出来，或写在黑板上，一字无误。博闻强记的功力极深，这种过硬的本领，使我在以后的教书生涯中，也模仿到一些，书是要藏入脑子中，不能专靠脚本的。另一位徐昂老师，是文字音韵和易经专家，他能算卜，因此只要指出四书五经中哪一句，他用手指一排，即能讲出哪章哪节，可惜这本领我是没有学到。他人品极高，为人正直无私，在考试时他对同学们说："我的学生是不会作弊的。"多信任啊！在他课上确实做到了，这是以德感人。到今天我还常常对我的学生谈起这件事，也收到了很好的效果。徐老师逝世多年，我每到南通必瞻仰他的故居。

在上海市政协委员中，有一位九十岁的老教育家赵传家先生，他是我小学时代及大学时代的老师，我们在开会中见到，总是娓娓谈及半世纪前的往事。有一次我对赵老师说："你打过我的手心。"他说忘记了。我回答说："我是清楚地记忆着的。"那时因为我讲了一句不文明的话，被他听见了，把我叫到办公室，诚恳地训斥我一番，又打了几下手心。我接着说："这几下手心不打，我是不会永远想念你的，这几下手心就是叫我怎样做一个脱离低级趣味的高尚的人。"他笑了，我含泪看着他，露出了微笑。在会场的角落中，放出了极温暖的师生之爱。教不严，师之过，赵老师成为著名的教育家，就是负责认真，温而厉，诲人不倦。我是学文史进而学建筑园林的。从模糊的自学而得到进一步的提高，那是与陈植老师分不开的。他与我有世谊与乡谊，他的公子艾先是我的学生，我当时住在他家附近，常去看他，从他那里见到很多建筑书，他慷慨地任我选择借阅，还认真教导我，使我在这专业上学习有所发展。他那时是之江大学建筑系系主任，见到我有所成就，聘我去建筑系教书，以副教授衔给我，我真是感谢啊！他身为老师又是主任，但每当开学送聘书必亲临我家，还要问我："你经济如何，有困难我可以帮助你。"学期结束他又要登门致谢，同样关心着我的生活。这样的领导，这样的老师，被这种精神所感动，哪一个不肯努力工作呢。我从事四十多年的建筑工作，今日薄有成就，饮水思源，毋忘此德。

朱桂辛（启钤）老人是我古建筑的授业师，他是中国营造学社创办人，中国古建筑研究的奠基人。难忘的老人啊！当我最后一次在他身边，为他盖上了被，等他安心进入午睡，我悄悄地离开时，感到说不出的难受。真的想不到这是我们最后的一面呢。我受教于他，是在他八十过后的岁月中，除了每年到北京上他家亲聆指教，平时则以信函相授，那种颤抖的手写的毛笔函，真是欲倾肺腑之言而不能一一如愿，到最后只好写着："我不能谆谆教你，我老了，我希望你……"这使我不禁为之潸然泪下。一位老人能在这样年迈体衰之时，不废其对学生的培养，我是永铭于心的。如今我虽七十岁的人了，除了对博士、硕士研究生指导外，我仍坚持为高年级大班讲课，因为想到朱老师九十岁后还不废其为师之责，我尚年轻，我不能推卸为师的责任。如果没有贤师，我是没有这点动力的，精神的感化是可以化为物质，老辈的典范是后世的楷模。

负世界盛誉的画家张大千师，我曾从游学画，他的艺术成就我曾写过一篇题为《博大精深》的文章，刊于《张大千艺术》一书中，如今不赘述了。这位大画家却正直中有风骨，虽然小事，今天无人知道了。记得解放前夕，他来沪住在李秋君女画师家，地点在卡德路（即今日石门一路）。旧社会的巡捕是伸手要好处，处处打秋风的人。这天傍晚我侍奉作画，来了一个巡捕，手提了一大串河蟹，坚持要送张老师作为报酬，想讨一张画去。张老师双眼一瞪："我不要你的蟹，也不给你画，将蟹拿回去！"命令要他速跑，巡捕无奈扫兴而归。张老师把门关上，对我掀髯而笑说蟹肥得很，好吃，但我再肥也不能要，说实话他的蟹来路不明，我不能上当。其实张老师的先生李梅庵太老师，又名李百蟹，能一顿吃上一百只蟹，张老师亦有同好，可是他在这种场合态度是严肃的，从而教育了我，对事物不能苟且，在物质利诱下，要分清来者何人。这件事说明他对社会上不高尚的行为就极憎恨的。记此亦补张老师轶事之一。

我对老师们无法表他们的大德大恩于拙笔，如今从侧面写一些琐事，而这些琐事却不能轻视它们，它们能左右我后来的为人治学。用此向读者们谈谈，对于建立师生的感情容有所助吧。

1987 年春节

师道可风
——悼王蘧常师

接到王老师不幸逝世的消息,一搁下电话筒,便发出"五十年来浑似梦,白头此日哭先生"句。这是真情,五十年过去了,老师一生文章道德,是永垂人间的。王老师是我大学时代老师,他与师母二人又是我岳父蒋谨旃先生的表弟妹,因此我称他师丈。从我大学生时代开始,到他老人家仙逝,我们没有中断过师生关系与往来。他的确称得起一位儒家的学者,仁厚、笃实,他的待人、执教种种高行,永远是我们的楷范。几年前华东师大出版社要出一本《我与老师》,我就写成《老去情亲旧日师》一文,其中说到了老师的德行。

我最敬佩王老师尊师的品德,他是沈曾植与唐文治二位大学者的得意弟子。他为他们写年谱,整理著作,前两年还亲自去嘉兴瞻仰沈曾植先生的故居,要我提出保护的方案。方案获得嘉兴市政府与文物部门的同意,他脸上露出了一种莫大安慰的表情。同时他对我们学生,视同子侄,我们虽然居处相距太远,然而他总希望我去,每去必谈得很久,关心得很细致,叫人依依难舍,临行还要送我下楼,见我走出弄堂,他才回屋内。

他上课认真,虽然不带讲稿,但是课文、引典都能背出来,过硬的学术功底,令人敬佩。他等身的著作,都是毛笔亲自书写,从不假手于人,可是因为书法之名太大了,这次报上的讣告,只说是书家,那是有些了解不全面吧。

王老师桃李满天下,栽植者众,可是做过他学生,多少与他的身教有关,有纯粹的人,脱离低级趣味的人,被人笑为有"冬烘气"①,我说这是近时"大兴货"②的免疫剂吧。

王老师的一生,我无法用文辞来表颂他,只可借韩愈的"传道、授业、解惑"六个字。他真正地在几十年的岁月中,为培养下一代用尽心血,没有将知识商品化。他在最艰苦的岁月中,挤公共汽车来去上课,有限的工资过着清贫的生活,这正是我国老一辈知识分子动人的事迹。

又是梧桐飘黄叶的天气了,老师的仙逝,引起了我

---

① 指有愚昧腐朽之味。——编者注
② 指假冒伪劣商品。——编者注

痛苦的回忆。前年此日正是我儿子陈丰惨死美国之时，老人闻讯，不快终日，撰写了一副长联慰小孙于地下，联上有"通家历二世，耄年多感"句，仁慈之心，令人泪下。如今我重展此联，浮上了五十年来悲欢离合之事。先生往矣，此生无重见之日，你的一生，我是永远不能忘的，我相信与我有同感的后辈，亦将永记于胸怀的。王老师，安息吧！

人去楼空　旧游谁说

"倘有幽香来入梦，人间春梦已迷离。"这是吕丈贞白悼亡后，我为他画兰所题的诗，读罢为之黯然。如今我又遭到同样的境遇，每一忆及辄为泪下，诗之移人有若此。

吕丈的诗词学问，对我来说师友之谊快五十年了，我分明记得我认识他是在夏师瞿禅（承焘）处，那时我还是大学生，见到这位长于我，向又拜读过他文章的人对于我来说，自然是难忘的。其后由于他的好友陈师蒙厂（运彰）的缘故，更熟悉了，他俩当时很负文名，有"二鸟"之誉。我从游之间，学到了书画、金石、诗词等多方面的知识，更因他们引见了冒鹤亭（广生）、夏剑丞（敬观）、易大厂（孺）、商笙伯（言志）、赵叔孺（时棡）、吴湖帆（万）等多位老前辈，耳濡目染，使我开阔了眼界，当然文酒之会时，我是隅座和声而已。到如今我总感谢老一辈对后者在各方面进行的帮助与启发，尤其在他们的书斋中，我接受到文化、见闻到知识，阅读到很多市上见不到的书，比课堂教育不知胜过多少。

吕丈是一位受过严格培养的学者，早受庭训，他的老师张季直（謇），父执夏剑丞诸先生的熏陶，在版本学与古诗文辞方面的成就，那是真正的正统，后来夏先生晚年有许多文章，是吕丈代笔的。他为人正直，不虚假，也不怕得罪人，完全是一位古道热肠的人，教人为学也如此。我最早请教他如何写古文，他说无废话赘辞，该写多少字就多少字，句子中多一个字就是无用的字，虽然仅仅几句话，对我来说一生受用不穷。与那种故弄玄虚，大谈语法，自高身价者来比，我得出"笃实"两个字来景仰他。吕丈晚年为上海古籍出版社审稿，真是"为人裁作嫁衣裳"，所花去的精力，不知比自己写成多少著作来得辛苦。他负责，一丝不苟，为该社出了多少好书，为作者流了多少血汗，这一点在纪念吕丈时，应该使大家知道这位古籍出版界的无名英雄。

吕丈生长在官宦家庭，在旧社会应该说是位大少爷，但是这位大少爷却自奉甚俭，寄情于翰墨之中，垂老还是布衣粗袜。除了我们知道他家世的外，谁也不会料到他长于名宦之家，而是一位穷书生。他对他夫人的感情，在我的忘年之交中，他与俞平伯先生真是天下无双，两位皆是表姐弟结婚，都是夫人年长，从青梅竹马起，一直到晚年生死分离，几十年中形影相依，悼亡后又誓不再娶，其哀思一一发于诗词中，情真意切，令人不忍卒读，这种人品私德，是难能可贵的。他们二位夫妇间一往深情，数十年如一日。这种行为足为今时社会的好楷模。

吕丈去世后，我时时想念他，暇时每读其遗言，仿佛犹聆謦欬，依稀在他的案前。如今人去楼空，五十年中常去的那处故居，每次经过时，心中别有一番滋味，旧事填膺，思之凄哽。遗著付梓是我们未死者之责，我们是不会辜负你的，请放心吧！

叠山家戈裕良的生卒

最近远客在英伦的女作家凌叔华，她收到我的《帘青集》后，回信这样说："《帘青集》收到了，昨日中午到的，我一口气读完，已是下午四时了……你的兴趣很广泛，这是写文章最要紧的条件，你的散文……任其自然，毫无扭扭捏捏的形态，这是得恭喜你了。"这位30年代与冰心、庐隐等齐名的女作家，一些青年人可能淡忘了。老实说我兴趣多方面，这是她看准了。可能有许多人不理解，我的兴趣中，对于翻阅人家的"家谱"，也乐此不疲。因此我对于所谓世家大族的关系知之较深，这对于我调查研究旧住宅与园林带来了很大的好处，同时对于历史的知识面也宽广了。在海外华裔的交往中，知道他们的家属根源，谈话更加亲切了。贝聿铭先生在美国就托我复印了他家的《吴中贝氏家谱》。不久前上海统战部要我对归国旅游的二十名华裔讲中国园林，我顺便告诉他们，我的家谱最近从绍兴找到了，我明白了我的世系祖宗在道墟杜浦，你们回国来心情也许同我回到老家绍兴一样。他们很感动。

话又要说到本题来了，在中国园林史上占有光辉一席的清代叠山家戈裕良，关于他的叠山艺术以及作品记载，在我所写的《园林谈丛》（上海文化出版社出版）中《苏州环秀山庄》一文中已详述，现在不多谈了。他是江苏常州人，清嘉道年间（1796—1850年）的名山师，他的作品有苏州环秀山庄、常熟燕园、扬州意园小盘谷、如皋文园、仪征朴园、江宁五松园、虎丘一榭园等。今日保存着的，唯有环秀山庄与燕园了。这两处的假山可说是江南假山的典范，前者运用湖石，后者运用黄石，在假山中体现了各种手法，尤其戈氏创造了钩带联络，如造环桥法叠山洞能顶壁一气，技术先进，结构合理，较运用挑压之法有提高了，能以少量之石造大型之山，环秀山庄就是好例子。

戈裕良的生卒一直是个谜，一说清乾隆年间（1736—1795年），又说乾嘉年间（1736—1820年），确切的总说不上。但这位在中国造园史上的关键人物，我们应该进一步研究，将史料证实，然后可以写史。事情又这么巧，我的朋友戴博元先生，他久在常州市文物管理委员会，是一位爱护古建园林、留心地方文物的好同志，我曾与他谈起这事，能否在常州找到戈氏家谱，也许能够清楚。心诚求之，居然从戈氏家谱中，分晓了这个问题。戈氏世居于武进洛阳尚湖墩，戈裕良在家谱中记载着生于乾隆二十九年甲申（1764年）十月十一日，卒于道光十年庚寅（1830年）三月十九日，享年六十七岁。可说是有史可据的记载了。

尚湖墩戈氏自明由梁溪迁武进永安里（洛阳镇），遂世居务农，裕良七世祖允治从尚湖迁居东门，称轼派东门世系，父振英生子四，裕良居三。裕良有子三，名德州、瀛州、榕州，妻张氏，卒年七十二岁，合葬于武进丰西乡四十二都一图，坐落代渡桥东首一穴。今戈氏后代，住在东门水门桥一带，已数典忘祖了。戈氏作品现知常州洪亮吉西圃假山亦出他手，见《洪北江诗文集》赠戈裕良三首。这一下不但填补了中国造园史上的空白点，同时对研究戈裕良及其艺术也是不可缺少的一端。我欣读戴先生的来函，仿佛见到了戈氏。因为我近来正在叠上海豫园东部假山，终日与石为伍，时常想到过去的先哲，揣摩他们的手法。事非无因的。我重申在今日我们文史工作者，应该广泛大量收集家谱，从家谱中可以进行不少历史社会以及遗传等的学术研究。过去潘光旦先生的《明清两代嘉兴的望族》一书，就是从家谱中进行遗传研究的，我对家谱的兴趣，受潘先生这书的影响很大。

悼新宁刘士能师敦桢教授

新宁刘士能教授敦桢，余之恩师也。双鬓渐白，益念师恩。盖余之薄负时誉者，胥出师之教益也。回思汪公定曾之介初识，师，接之温温，垂询频频，不以朽才而弃者。其时余于古建之学，读先生著作，粗解绪余，师悯余为学之诚，遂以弟子视之。往后虽宁沪两地，鱼雁不间，往往累数纸而不尽，深解余必珍藏之也，不意"文革"中荡然无存，每一忆及，辄为泪下，余深负吾师也。师逝世二十载，无日不仿佛其神态謦欬，犹在目前，青年从游之乐，问学之情，与夫处世之道，真彬彬然古之君子教人也。韩愈所谓"传道、授业、解惑"，此唯在新宁刘氏之门得之。顾念师恩，愧一生未报。魂兮归来，唯泥首叩谢。知白首弟子，尚依依于师灵也。

《徐志摩年谱》谈往

1987年4月4日清晨，我将徐志摩儿子积锴侄从美国寄来的他父亲早年日记的复印本，付邮寄给商务印书馆香港分馆。归途在新村树荫下休息一会儿，往往般般，一时涌上心头，如梦如幻，我总算对得起这位作为至亲的大诗人了，他日相会于地下，亦必笑脸以迎也。

记得去年春在香港，香港广播电台要我讲几句话。第一个问题，他问我你与徐志摩为什么有这样的感情。我说"无缘无故的爱"，是一种"很单纯的思想表现"，由这种动力，促使我为他完成了年谱、全集出版，妥善安排了遗物、重建陵墓等三件事，正如他前妻张幼仪所说："你比他的儿孙都好。"想到此，不禁黯然泪下，一位大文学家其感人也如此。

对于《徐志摩年谱》之作，说来话长，那要追溯到五十年前的事了。我十一岁那年，我的二哥叔彝与志摩伯父徐蓉初先生的次女惠君结婚，二嫂是他的堂妹，我在童年中开始知道徐志摩大名。其后我的三哥咸同又与他表妹蒋谷裕订了婚，我十三岁那年三哥去世，这门亲解了约。想不到再过了十多年，我与他的表妹蒋定结了婚。蒋定与其姐谷裕都是志摩姑母徐祖慈老人的女儿。

我十三岁进入杭州蕙兰中学读初中，一年级的语文课本有徐志摩的《想飞》这篇文章，我开始读到"飞。'其翼若垂天之云……背负苍天，而莫之夭阏者……'"，童心被他引入云端，归家便捡了书架上他的《志摩的诗》来读，后来《翡冷翠的一夜》《巴黎的鳞爪》等都读了，读毕《猛虎集》我已是十四岁，转学到盐务中学。是一个初冬早晨，闻到他在山东坠机的噩耗，是同学蒋德修告诉我的，他是志摩的同乡硖石人，后来他成为我的内侄辈，是我岳父蒋谨旃先生的从侄孙。如今远客海外比京，也七十岁的人了。

志摩去世后，我非常沉痛，我仅仅在童年中见到在我家花厅中的一个背影，总是消灭不了。我爱读他的诗文，虽然我所用力地是古建筑园林，但他的性灵却感染了我的气质，对我的思想感情上是起变化的。我从那时起便留心他的事迹。与蒋定结了婚，结婚证书上介绍人是志摩的儿子积锴。我在圣约翰大学教书，徐家住在华山路范园，积锴母亲与夫人张粹文跟我学画，我隔三五天便上徐家去，使我进一步了解了许多志摩生前的事。幼仪凡有关志摩的遗物，总说，你最敬爱他，你拿去吧，甚至连当年徐张离婚证书、惨死时的电报都给了我，我是如何的妥为保存啊！我很想替他写一篇传记，于是更广泛地收集资料。那时陆小曼住在福煦路福煦坊，我也常去看望她，在她娓娓清谈中，得到许多资料。她送给我在志摩去世后公公给她抚养费的单据，志摩在杨杏佛家死的前夕留言等。我尤其感激的是我二嫂的哥哥、他的堂弟徐崇庆兄，这位忠厚谨慎、细心收藏的人，他从志摩读书时的家书、幼年的篇章、志摩出国时《民国七年八月十四日徐志摩启行赴美分致亲友》一文及徐氏宗谱等都保存着，还有志摩的堂侄启端收藏有志摩殁时的挽联抄本，我在硖石他的老家中都见到了，他们统统交给了我。

张惠衣先生是志摩童年老师张仲扬先生的侄子，以及志摩中学读书时的校长钱均夫老先生还健在，我也访问了，在这两位口中对了解志摩少年时事有了大大的帮助。董任坚先生也住在愚园路，离我处很近，他是志摩杭州府中学同学，又是同去美国，一起在克拉克大学读书，他保存了中学、大学的校刊，这对我来说，对了解志摩的大学求学阶段是更清楚了。这样我从已有资料中，逐渐引申开去，我花了很多日时间，去图书馆查杂志、报纸以及与他有关的人的文集、文章，与他生前友朋做访问通信等。集腋成裘，掌握了许多第一手资料。想写传记难于下笔，于是改换了我的方式，将这些资料排比成年谱吧！当时结集时已快面临解放了，朋友劝我不要干这蠢事了。请赵景深先生作序，他不肯写，徐悲鸿先生要我搞鲁迅，但都扭转不了我这颗"无缘无故的爱"的心，硬着头皮干下去了。当然有些只好不明言了，如志摩拜梁启超为师，是其前妻张幼仪之兄君劢介绍的，他是梁的弟子，当时由志摩父出贽金银元一千元，是一笔相当大的礼金。如今我在此文中有补上必要。

我编好了志摩的年谱，积锴母子已去国，小曼在病中含泪匆匆地过了一次目，说是正确的，对我说你为志摩做了一件大事，他地下感激你的。我取回稿子请在杭州的张阆声（宗祥）先生题了签，张先生是志摩父执，墓碑上的"诗人徐志摩之墓"是他书的。我在稿成之前，冒寒去了硖石，拍摄了墓照与他出生的老宅，居住过的新宅，连同幼仪、小曼的藏照及我妻家中他青少年时的相片，一并附在年谱之前。

稿成反复看了几遍，觉叙事未见有误，打算付印，解放前后有谁肯出版呢？仿佛一个虔诚的传教士，一心要将它印出来，即使经济再困难，那就少印一点，比存一个稿本总好。我这个教书为生的，有什么闲钱来刻书呢？有一家印刷厂是专为圣约翰大学印东西的，我在那里任教，于是与这家印刷厂商量，帮助解决这问题，花了吃开口饭赚积来的一点钱，说了多少好话，总算印成了五百本，已是1949年。我分送了各图书馆与亲友，还出了这个暗暗地许下的心愿。其中少量的书流入了旧书坊，由旧书坊转到了香港、台湾。后来台湾印的年谱，根据我所写的，不过将其中的挽联，另外编排了。海内外研究徐志摩的生平，我这本为他写的年谱发挥了很大的作用，以后《辞海》的条目亦是据年谱作准的。

赵家璧先生是志摩的得意学生，志摩死后为他出了《云游集》，又与小曼同编过《徐志摩全集》。他对我编写的这本《年谱》很感激。沈从文先生说："没有你的书，志摩的家世与前半生弄不清了。"讲得非常实际，流露了欣慰的心情，都是对《年谱》作了肯定的评价，因为我没有虚文，全是据资料实录。我有一个增补本，现存北京图书馆，沈从文先生在《年谱》中对志摩临死前几年有一些补充，眉批在《年谱》上，因为年龄大了，记忆的事，有许多略有出入。正如他所写《徐志摩全集》序"福煦路回明村"，误记为"福履坊"了。书今存王西野先生处。

经过"文化大革命"，我自己连《徐志摩年谱》一本也没有了，原因是曾经戴上过为"反动"文人徐志摩树碑立传的"帽子"，贴过大字报，挨过斗，当然两手空空了。后来我的内侄蒋启霆，他是志摩外从甥，从硖石他的亲戚手中弄到一本，说是地摊上买到的，他将这书给了我，我作为珍本保存了。赵家璧先生是位有师生情义的学者，他同上海书店刘华庭讲起这本书，希望能复印，刘是一位有文化的出版工作者，他承担了此事，我在初版上改正了几个错字，上海书店在1981年11月将复印本出版了，作为《中国现代文学史参考资料》，印数为五千本，畅销全国及海外。时过三年书是售完了，因此在1984年5月再印了五千本，到今天也已售完了。目前上海书店正在印《徐志摩全集》，到书出版时，《年谱》恐将又重印了。

从我童年开始知道徐志摩起，到今天我写此文，时光逝过了六十多年。今年我已七十岁，白头挑灯，追思往事，寄语海外的幼仪、积锴母子，亦将有感于斯文。

草堂终古说缘缘

> 几丝修篁拂窗前,
> 一字未书浊世篇。
> 留得千秋风骨貌,
> 草堂终古说缘缘。
> ——答丰一吟属题"丰子恺故居"门额

丰一吟诚恳地要我为石门缘缘堂"丰子恺故居"题门额,我感愧交集,这位慈祥的老人,多年来对我的影响太大了,我何敢辞。抱着一种用自己文辞难以表达的心情,却与弘一法师所说的"天心月圆"相仿佛,对丰先生做了件功德圆满的事。

我在中学念书时,读的第一本丰先生的书是《缘缘堂随笔》,他的思想在一个十几岁的青年身上,留下了终生难以消灭的如白璧一样的纯洁感情。我与丰先生都是浙江人,周遭的环境皆熟悉的,文章中所描写的事物也是习知的,因此,感情上亦起着共鸣作用,他说得亲切有味,仿佛就坐在我身边。最近一吟赠我的《缘缘堂随

1962年丰子恺与颜文梁、林风眠、贺天健、张充仁、张乐平观摩交流画作

笔集》，书中有《陋巷》一篇描写陪弘一法师去见马一浮先生。马先生是位大学者，中西学问贯通，住在杭州联桥延定巷32号，这建筑我去过，至少是清乾嘉年代的老房子，破旧得很，而巷子又狭小。他解放后住在西湖蒋庄，我与郑晓沧老先生一同去拜望他，曾经谈到了旧居，相顾莞尔。我之钦仰弘一法师实是从丰先生文章中得到启发的。前几年到泉州开元寺，我在寺中题了一联："弘立有灵应识我，开元洵美要题诗。"默默地别了"弘一法师纪念堂"。但我在怀念弘一法师时，也一并浮想起了丰

先生。这次一吟要我题故居门额，我答一吟的这首歪诗，是考虑到先生在缘缘堂写作时的情致的。丰先生是我们的同行前辈。教师不是"贩卖"知识，至少应该如韩愈所说的"传道、授业、解惑"，如果没有丰先生的那种仁慈的性格，我们多少要误人子弟，受精神之痛苦的。

丰先生是漫画家，也可说不是画家。他的画在命意与境界上，已不属于一般画家之列。画面上有景，有情，有哲学，有诗意，还有极微妙的地方，要观者去想。他对事物与社会，揣摩体会得那么细，发人所未发，人所难言者。丰先生能妙笔成图，但是总不出一个"仁"，没有高尚的学问、道德修养是难臻此境的。丰先生经过的这后半个世纪，同我一样，他的那些画面，正如看过去的录像一样，弦外之音，耐人寻味。我最近出版的园林散文集《帘青集》（同济大学出版社）封面就是用丰先生的画。我以此纪念这位我景仰的前辈，他的画是长青的。

"落花水面皆文章。"我用古人的这句诗来形容丰先生的诗与画，也许较妥帖的吧！他在文学艺术方面的爱好是多方面的。他从梅兰芳先生的唱腔与配乐上获得启发，歌颂了中国音乐的旋律美，在京昆剧上发现了艺术的概括性，即使寥寥几笔的园林风景画，也能勾勒出景物特征。他老家石门一带，原是昆剧盛行之地，他对人物身段简练的描绘，我想多少得之于昆剧的表演，虽然他自己没有明言，但是深入的观察与分析，应该说是有微妙的精粹在。

　　浙西的水乡是清丽引人的。丰先生过去就是不爱乘火车，小舟一叶，在船上闲赏闲吟闲画，这种雅人情致的艺术家风度，确令人羡慕。因此他懂得美，有情趣，在大自然中孕育了高尚的情操，同时又深入到社会中，知道了许多世间相。如今提倡旅游，有的专求豪华的物质享受，但廉价的清游，在文化的提高方面却比书本与课堂中多得多了。丰先生的确是一位值得我们研究与作为楷模的学者、文人、艺术家、教育家。愿缘缘堂万古生辉。

沪杭车中

　　匆匆匆！催催催！
　　一卷烟，一片山，几点云影，
　　一道水，一条桥，一支橹声，
　　一林松，一丛竹，红叶纷纷。
　　艳色的田野，艳色的秋景，
　　梦境似的分明，模糊，消隐，——
　　催催催！是车轮还是光阴？
　　催老了秋容，催老了人生！

　　徐志摩在他的最后一本诗集《猛虎集》上写着说："我的第一集诗——志摩的诗——是我十一年（1922年）回国后两年内写的。"《沪杭车中》是刊在这集子中，按诗的排列，是放在《月下雷峰》之前，写作日期，应是1923年秋。那时胡适在杭州西湖烟霞洞疗养肺病，志摩偕其堂弟徐永和同去杭州探望了胡适的病，并一同畅游西湖。从志摩家乡硖石到杭州是在沪杭火车道上，诗成的经过是这样。

1931年8月新月书店版《猛虎集》

    志摩家乡硖石在沪杭线上，到杭州的一路风光，那是他从小便熟悉与热爱的。从1910年春到杭州入杭州中学读书，1915年夏毕业离开杭州，五年的杭州生活，在火车上不知来往多少次。说来话长，沪杭铁路的建造，是浙江人商办的，他父亲申如先生是当时集资建造人之一，因此说来徐家乘沪杭车是很方便的，硖石、杭州之间的来往极为频繁。

徐志摩自1918年出国到1922年回国，前后过了五年海外生活。他是一位热爱祖国的人，离乡较久回到家乡，那一草一木都是丰富亲切的感情。因此一位热情的诗人，在他笔下首先要描绘这些，《东山小曲》描写硖石的东山，《想飞》散文也描写了东山，这篇《沪杭车上》是一篇徐志摩家乡景物的恋歌。同时在这年8月间（阳历）他祖母去世，这位慈祥老人最疼爱他，过去曾陪同他游过西湖，如今正去世不久，所以诗的最后有："是车轮还是光阴……催老了人生！"诗人不是无病的呻吟，因为这诗感情真，流传便广了，读者多了，诗人徐志摩的诗名也大了。我年轻时便将这首诗，背诵在口，虽然六十年了，但每次到沪杭车上见到了窗外的景物，就会低诵着这首诗，清灵婉约，美得移神。我的感触是这样，读者一定也会引起共鸣的。

顾廷龙先生书法

四十年前，客上海圣约翰大学，课余侍欣夫王师大隆于抱蜀庐，初见起潜顾先生廷龙著述与法书，心仪其人，先生以目录版书学家兼工书法，遒劲工整，学者之书也。建国后同任上海市文物保管委员会委员，把晤日久，益知先生深矣。余维书法之道，有书家之书，学者之书，其得之于学。而先生之学，得力于版本目录金石书画，平时抄书校书，题跋碑志，又必严谨出之，所谓一丝不苟者，发之于书高古精深，淳穆宁静之气，淳朴如见其人。先生学者也，君子也。书重品，品高书自高也，求之今世，唯先生当之。先生谦甚，从不以书家自名，亦未行市道，萧然寒儒，陋室清居，沉潜于学问之中，令人起敬者其在斯乎？

先生以篆隶成家。金文雅秀朴厚，秀难掩薄，朴易流俗，秀朴并存者，功力在学，无学问之深，终成书匠矣。余尝见先生作为，字字必有据，若碑记文献，必先校勘，排比成章，无一处不妥帖，停停当当，如造园之筑亭安榭，面面有情也；然后欣然下笔，盖胸有成竹矣，见其挥毫自如，而未解其作书之周密性与用心之苦也。先生以望九高龄，华东重要碑记，胥出先生之手。工整楷书，精力充沛，秀润若朝云舒卷，大年之征也。兴移偶为草书，飘逸如仙子，知能者无所不能。际此沧海横流，艺无空格，书家不为学，不读书，余之所以重先生书，在于学也。余不能以私交之厚，而过誉先生，仁者见仁，智者见智，世自有公论也，历史自有公论也。小斋岑寂，瓶梅初放，观先生四体之书，一室温和，古趣盎然，益信先生法书之能怡人也，感人也，爰为记。

戊辰岁阑于梓室

友痕

医院里住得久了，人渐渐地恢复了健康，感谢瑞金医院九病区的各位医务人员，他们是尽了责了。清晨寂坐在廊间，有思家之感，偶然仿佛听到"归家吧！归家吧！不要再游荡，慈爱天父伸出双手，渴望你归家"。这是童年在教会学校念书时所学会的一首赞美诗，也许是昨夜孙女媛媛电话中叫着"阿爹，好回来了"所引起的神经反应吧！家总得要归，我虽不在外游荡，但在宗教家的眼光中，如果你在世上不务正业，没有为人做好事，庸碌一生，就算游荡了；你得虔诚地归信他，不做坏事，不浪费光阴。

时令已入仲冬，气候渐渐冷了，园中处处萧条，总感到不十分宜人，一个人还是躲在和煦的太阳下，做我的幻想吧！想得很多，但总是模糊的，画面不十分明朗。"才因老尽，秀句君休觅。"再不想片语惊人了。但季节的对比却逗起了去夏南国之游，想起我的友人们。我因为来不及打去香港的证件，只好在深圳会见贝聿铭先生。他为了设计香港中国银行大楼，有些园林绿化事，要和我商量，既然我不能去港，约好6月1日在深圳会面。这临时的计划算是如愿了，上午在宾馆中将方案商讨好，还是以水石修竹为主，这样可体现出贝先生雅健的性格，看出是世界上杰出的华裔建筑师，是中国人。

"莫向天涯轻小别，几回小别动经年。"在缠绵依依的酒香中，薄醉后我们驱车做郊游。初夏的南国天气是那么晴朗，小道旁的珠兰与白兰，阵阵飘香，这种风光是江南人所梦想不到的，尤其山谷间流出的清泉，淙淙有音，它随步同行，偶然有几只不知名的小鸟，居然擦额而过，太放肆了，我也不错怪它。从林间望海，引人以出世的遐思。近年颇多老庄思想的我，面对着浩渺的沧波，有着很多无可奈何的思绪。

向晚握别了南国的云彩，握别了贝先生，说一声："花影深处，仔细行走。"他车回香港去了，我呢？明天也要回上海了。人生就是这样离合。

香港的中国银行大楼，是远东最高的建筑，谁也想不到在建造中有此一笔，诗也般的一笔。

1989年12月15日于上海瑞金医院

爸爸的照相

侄儿熙中寄来了一张爸爸的照片,这是嫂嫂生前珍藏着他公公的遗影。虽然嫂嫂来归我家,爸爸已去世几年,可是她在绝困难的岁月中却没有丢失了,多可贵的人情啊!爸爸这张照片是他五十岁时所照,过了不多时,五十五岁离开了我们去世了。那时我才八岁,如今双鬓星星,还分明地记得他怎样栽花植竹,又在花间携我小手照过相,这真是梦啊!但并没有像梦一样随着光阴的流转一天天淡下去,自从儿子不幸在美国被害后,反更加深刻了。前几天儿子去世周年,我将他的照放在他母亲的遗像下,立着沉默了很多时,泪水湿了我的双颊。本来儿子的照在他生前放在书架上,小孙女常叫着爸爸,儿子不在人间了,我将照收藏起来,不料人家说到爸爸二字,小姑娘便说爸爸没有,有阿爹,简单的词汇仿佛亦能表达天赋可怜的感情。今天我面对着六十多年前爸爸的照相,又看看依依身旁可怜的孙女。爸爸的照相啊!你勾引起四代的痛苦与追忆,写到这里,只有掩面而泣,谁也不能理解我今日复杂、惨痛的心情。再过两天要把儿子的骨灰去安葬了，我不需要任何人陪去，我悄悄地带着这仅余的一点遗骨，双手放在他母亲身旁，让母子永远地相依着。到春暖花开，我带媛媛母女与姐妹们，同来上坟。人天永隔，缥缈的南北湖上浮云，也许是你母子归来之时，我那时必定凝待着湖外的海边，望你从美国来的归帆。天际怀人，也许真的回来了，但是这一切渺然的，是我痴人祈梦，然而梦也无凭，梦回凄然而已。

6月间在深圳与贝聿铭先生见面，他除了我们对香港中国银行大楼园林上的商讨外，主要是为了来安慰我，他说我没有培养好令郎，我寄托在这孩子身上的愿望与你一样落空了，相对凄然。同摄了一张照相，这照又多么地蕴藏深情厚谊，虽然照中没有亡儿，但是又仿佛他立在我们身边，无中存有着。待孙女长成后，她见了二位老人的合影，但愿她有点文思，也许又可写成令人难以卒读的篇章了。

如今我没有怨，也没有恨，一切是天与安排，还说点什么呢？我却从照相中启发到人生，人生亦不是如照相一样留下一点在世间的痕迹吧，有灿烂的，有暗淡的，有模糊的……照相总仍是照相，留于后代作各种各样的想念与追思吧！

1988年11月29日丰儿去世周年后四日写

丰儿墓铭

坠劫昙花，厄闰黄杨；嗜学深造，远涉重洋；孰知斯行，乃兆汝殃；仓猝祸起，非命身戕；才哭汝母，复遭汝丧；家运何衰，欲问彼苍；念汝生平，心恋峦冈；澉山环抱，澉水泱泱；云岫古刹，鹰窠之阳；瘗汝于斯，凭汝徜徉；为筑石灯，永昭出光；不封不甋，以标墓方。

丰儿获世界建筑大师贝聿铭奖学金留美攻读建筑硕士生，不幸于1987年11月29日为墨西哥人戕于洛杉矶，距生于1947年岁次丁亥正月初四日，年四十有一。娶颜氏宝新，女媛于其去国后第六日生，父女不及见，可哀也已。丰儿生前尝屡屡撰文呼吁制止海盐南北湖炸山开石，为维护名区胜迹，不遗余力，希拟学成归国，尽力经营澉山澉水，惜赍志未遂。遵海盐县政府之意，为卜葬于鹰窠顶山之云岫庵，面浙江湖，观沧海日，烟云供养，以慰其平生之愿。

陋室新铭

唐代刘禹锡写过一篇《陋室铭》千古绝唱,他那两句"苔痕上阶绿,草色入帘青"的句子,我分别用以名我的三本散文集,《书带集》《春苔集》《帘青集》,书带是草名,因为长长的叶子,过去人为之取名叫书带草。从这意境中,可以想象到我的书斋也不会富丽与现代化到何等程度了,所以命名为"梓室",匠人所居也,叶圣陶先生题了额。"君子固穷",自命为读书人当然穷。这

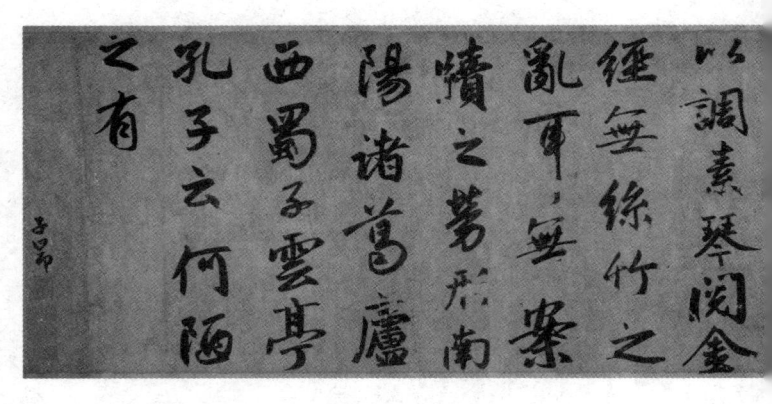

[元]赵孟頫书《陋室铭》

几天西瓜快一元多一斤，我身为"教授"已到见瓜生畏的地步，万一有幸，能啃上几块西瓜皮，说几句大话也满足了，如今没有西瓜皮也居然在陋室中说起"大话"来了。百无一用是书生，书生恋恋于书斋，写一天稿子，所得还不如校门口的卖茶叶蛋者，真是"前世不修今世苦，今世修修没功夫"。深悔不去经商发财，书箱没有决心抛掉它。还在搏一点蝇头小利，望眼欲穿来等几十元稿费，小青年说这数目是毛毛雨，连吸几支毒（香烟）也要算一算了。如今这书斋对我来说，有些怨了，然而怨而不怒，诗教也，批判孔老先生还不够彻底。

　　近来西瓜皮也快啃不到，"大话"也少说了，说了

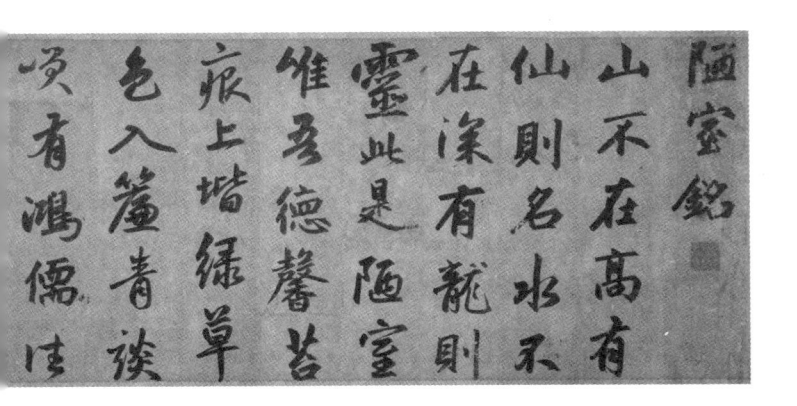

刺激人家，"爱生毛羽恶生疮"，谁都欢喜听奉承话。敲背按摩是最时髦的医术，它能讨人欢喜。我也曾经想过，我的书斋改为敲背按摩室，我也何至于如此。几只书箱，改为冰箱，卖卖冷饮，亦可小康，挂块斋额为"冰箱传家"比"书香传家"现实得多。

从前人说在书斋中，"我与我周旋"，是自得其乐之处，如今我也许神经不正常，有点感到是自得其苦之地。对书斋来说，似乎没有什么前途，人家说我们"光着屁股坐花轿"，屁股虽光，还有花轿可坐。而我的陋室说也可怜，门前养花花被偷，养鸟鸟被窃，如今唯一的知己，就是梁谷音送我的几卷昆曲录音带，它却是我苦中寻乐，唯一的安慰品了。昆曲词句美，节奏慢，有书卷气，谷音的唱腔正如闲云野鹤，来去无踪，信步园林，风范自存，我在书斋中可说知己了。我有时血压要高，想不到昆曲的音乐有时对降血压还起着微妙的作用。对不起，邻舍迪斯科的噪音，却往往促使我血压的上升。也许我厚中薄外，是个老化了的人，新事物接受太慢，但我总觉得我是中国人，应该热爱自己的传统文化。精神因素可以化为物质因素，我这陋室中，也变成为保健所了。

我仍然爱我的陋室，读书其间，作画其间，写作其间，听曲其间，歌哭其间。乐于斯，悲于斯，吾将终老于斯，作新陋室铭以记之。

天一阁东园记

环园皆廊也，而水石樟林尤胜，以位于天一阁之东，故名东园。

园多石刻，为历年所收存者，邱君嗣斌见其散置于断垣颓壁间，隐然有感，蓄整理之心久矣。遂商于余，期以碑廊为主，而增园林出之，两全其美也。小住阁中，偕洪君可尧漫步其间，商略亭台，安排泉石。园有积水，樟木蔚然成林，适甬上有古木构二，尺度相宜，移建之，宏敞轩举，今之凝晖堂也。堂成一园之主体存焉，疏池叠石，皆因地制宜，未损乔木，宛若天成。园属天一阁，墨香衍芬，二而一也，故不以藻饰出之。复饶水景，昔范尧卿先生有东明草堂，故以明池名之。曲岸弯环，水漾涟漪，堂之影，亭之影，山之影，树之影，皆沉浮波中，虚实互见，清风徐来，好鸟时鸣。而万竿摇空，新篁得意。阁有书卷，园存雅趣，洵甬人之清福也。余唯四明一隅，以藏书闻世，学者文人辈出，信山水钟灵，然不能不归功文风之盛；而文风之盛，又不能与藏书佳处须臾离者。

嗣斌守天一阁三十年，以余勇营此东园，良有以也。万卷诗书来左右，小园容我一藏身。戊辰之岁，阳和三月，读书阁中，抛卷成此记，存建园之始末耳。

瞻园碑廊记

　　园之传在于记，记之传在于碑，故名园必有碑，且筑廊以护之，固不朽之盛事也。瞻园建自明初，誉冠东南，金陵诸园之硕果者。曩岁新宁刘士能师敦桢，督修是园，招余往，倾商朝夕，安排泉石，妥帖亭榭，前辈谦抑，令人难忘，今师往矣，而园长存。兹重临其地，花木扶疏，台阁掩映，景益辉于前，复见碑廊之成，则园之史，园之记，园之咏，园之图，皆备壁间，永留金石，垂之千古，斯非造园之楷范也欤！老去情怀，以园为家，流连竟日，爰为之记。

时 1989 年己巳初春

真禅法师伤残儿童福利基金记

佛教倡慈悲，慈者与人乐也，悲者拔人苦也。上海市佛教协会会长，玉佛寺、静安寺两寺方丈真禅大师躬身力行，造福于人群公益，于社会善事泱泱。功德无量，世人共仰。今又以十万之巨设真禅法师伤残儿童福利基金于上海儿童福利院、上海伤残儿童康复中心，宏举也。余唯伤残儿童乃世之苦人也，大师推己及人，弘法行道，令人起敬，实为吾师也。余虽非释子，然心往之，且受法师感化久，爰为记之。

己巳春居士陈从周撰并书

贵溪悬棺记

贵溪山水之秀，天下清境，道家所谓洞天也。古代悬棺墓葬奇迹在焉。自1979年考古学家运用当今起重设备进行洞内外清理，发掘得若干文化遗物，诚盛事地。然棺何以入洞，乃千古之谜。兹幸得中国改革与开放基金会资助，同济大学、江西省文博系统及美国加州大学圣地亚哥分校中国研究中心等多方面之合作，复承贵溪县鱼塘乡之协助，于1989年6月13日模拟二千四五百年前之提升工具与方法，将棺木吊回原来洞穴，解千古之谜。了此夙愿，得还旧观，俾风景、文物两全其美，是为记。

己巳夏初陈从周撰并书

衍芬草堂藏笔名单

此余外家硖石蒋氏衍芬草堂所存笔价单也,录自叔外舅铿又先生手。其时当在20年代,单中所见各种笔类及价格,不但可究我国文房四宝之史,又可供物价史之资料,殊足珍也。

1989年己巳冬陈从周记

汉口邹紫光阁笔单

各种联笔

鹏程万里	二元
龙腾虎卧	一元
墨浪如龙	六角
文光射斗	五角
上品纯羊对笔	四角
珠圆玉润	三角
大点花	二角
小点花	一角五分

各种屏笔

落纸云烟	二元
白鹅飞到凤池中	一元
墨海腾波	六角
极品纯羊毫条幅	五角
提净纯羊毫条幅	四角
上品纯羊毫条幅	三角
大楷羊毫	二角二分
调和鼎鼐	二角

各种寸楷

鹤立	二元四角
青云	二元
得心应手	一元
蓬莱第一峰	六角
独步瀛洲	五角
羲之妙笔	四角
兴来一呼	二角五分
双料净纯羊毫	二角
寸楷羊毫	一角七分
净纯羊毫	一角四分
宜书宜画	一角四分
中楷羊毫	一角二分
一片冰心	一角
纯羊毫	八分
苏羊毫	七分
铁画银钩	四分

各种小楷

台鼎	二元四角
珠玑	二元
红杏在林	一元
词林妙品	六角
极品小楷纯宿羊毫	四角
小楷纯宿羊毫	三角
上品小楷羊毫	二角
提净小楷羊毫	一角六分
小楷宿羊毫	一角二分
花杆小楷羊毫	一角二分
小楷羊毫	一角

各种鸡狼毫

墨翰	二元四角
墨缘	二元
长锋鸡颖	一元
东坡鸡颖	六角
拣选鸡毫	五角
鸡狼纯颖	四角
提净鸡狼毫	三角五分
加料鸡狼毫	二角五分
极品鸡狼毫	二角
上品鸡狼毫	一角八分
鸡狼毫	一角五分

各种水笔

仿古四体	一角四分
京庄水笔	一角三分
乌龙水笔	一角三分
吏部文章	一角二分
上小绿颖	一角

双料水笔	九分	晋唐小楷	一角二分
贵州水笔	八分	上大绿颖	一角一分
神如秋水	七分	纯紫兼毫	九分
		用久方知	九分
各种紫毫		皇都得意	七分

月窟攀来第一枝	一元
云中白鹤爱高飞	六角
笔提双榜	四角
殿试紫毫	三角五分
全料紫毫	三角
双料紫毫	二角五分

各种揸笔　各种提笔

顶号揸笔	四元
二号揸笔	三元
三号揸笔	二元
四号揸笔	二元
顶号提笔	一元五角
二号提笔	一元
三号提笔	六角
四号提笔	三角五分
长锋羊毫	二角三分
净羊毫	二角二分
羊毫小楷	二角
羊毫小颖	一角七分
玉壶冰	一角三分
纯羊毫	九分
小羊毫	九分
羊毫	四分二厘

各种兼毫

提净尖毫	六角
冰肌铁骨	四角
七紫三羊	二角五分
五紫五羊	二角二分
三紫七羊	二角

各种毫笔

京庄折笔	二角
御赐清爱	一角八分
横扫五千人	一角四分
磨炼出精神	一角三分
黄阁调元	一角三分

兼毫

胪唱一声	二角八分
云近蓬莱	二角八分
五毫笔	二角三分
刚柔相济	二角二分
小楷兼毫	二角
笔花和雨润文章	一角九分
果然夺得锦标归	一角八分
第一人书第一篇	一角八分
挥毫落纸如云烟	一角八分
清言见古今	一元四角四分
春上马上篇	一元四角四分
妙颖无双	一元四角三分
玉堂宝书	一元四角三分
独占一枝寿	一元四角三分
指挥如意	一元二角三分
金马玉堂	一角三分二厘
词林妙品	一角一分
保合太和	一角一分
黄阁调元	九分八厘
花吐词林	八分六厘
指下生风雨	七分四厘
白凤吐文章	六分五厘
书成换白鹅	六分五厘
羊兼毫	五分八厘
右军书	四分八厘
本斋	四分四厘
绵裹针	四分二厘

紫羊毫

冰雪为肤铁作心	六角八分
卷心三紫七羊	五角五分
五紫五羊毫	五角五分
二紫八羊毫	五角五分
四紫六羊毫	五角五分
七紫三羊毫	三角四分

狼毫

双料净纯北狼毫	一元三角
加料净纯北狼毫	九角八分
净纯北狼毫	六角五分
净狼毫	四角六分
书画笔	三角二分
纯狼毫	二角八分

鼠须笔

中楷鼠须笔	八角六分
鼠须笔	六角

湖南笔

极品提净羊狼毫	二角五分
极品寸楷羊毫	二角二分
极品中楷羊毫	二角二分
上品小楷羊毫	一元八角六分
上品鸡狼毫	一元二角九分
小楷狼毫	二角八分

水笔

元紫狼毫	二角四分
乌龙水	二角三分
绿水毫	二角二分
大奏本	一角八分
元笔	一角八分
殿试京庄	一角八分
春光醉目前	一角七分
尖齐圆健	一角六分
魁水	一角六分
仿古京庄	一角三分
大绿颖	一角三分
大京庄	一角三分
得心应手	一角一分
紫京水	一角一分
大京水	一角一分
双料奏本	一角一分
本京水	九分
京水	九分
小绿颖	九分
绿奏本	八分五厘
绿颖	六分五厘
市双水	五分八厘
奏本	四分四厘
全不换	三分八厘
中双水	三分三厘
市单水	二分五厘

画笔

大号骨斗兰蕊	四元
中号骨斗兰蕊	三元二角
小号冬紫毫兰蕊	一元六角
大号兰竹笔狼毫	一元三角
二号兰竹笔	一元
三号兰竹笔	八角
大号兰竹笔羊毫	八角八分
二号兰竹笔	七角

邵芝岩笔单

紫毫

大卷笔	一元一角二分

极品	八角八分	特品长锋小楷宿羊毫	一元一角五分
磨炼出精神	六角六分	双料兰亭散卓	一元三角二分
策笔	五角五分	加料兰亭散卓	九角九分
净纯紫毫	四角六分	兰亭散卓	六角六分
星使出词曹	三角八分	双料净纯宿羊毫	一元一角
净紫毫	三角四分	加料净纯宿羊毫	八角三分
魁紫毫小楷	三角四分	净纯宿羊毫	五角五分
吟到梅花句亦香	三角四分	双料长锋宿羊毫	一元一角
仙舫	三角四分	加料长锋宿羊毫	八角三分
折笔	三角四分	长锋宿羊毫	五角五分
闲临小楷	三角九分	小楷纯羊毫	五角五分
天颜有喜近臣知	二角四分	长锋小楷纯羊毫	五角五分
圆转如意	二角二分	爪锋小楷纯羊毫	五角五分
书画小楷	二角二分	长锋小楷宿羊颖	四角六分
天香深处	一角九分	短锋小楷宿羊颖	四角六分
小紫毫	一元四角四分	珠圆玉润	四角六分
内庭第一	一角一分	净纯羊毫	三角四分
		净纯小羊颖	三角四分

羊毫

		三号兰竹笔羊毫	五角五分
双料极品	一元七角六分	羊兼号书画	二角三分
加料极品	一元三角二分	狼毫画笔	二角二分
极品	八角八分	狼毫须眉	一角九分
超品长锋大楷宿羊毫	二元七角六分	羊毫画笔	一元八角六分
又中楷宿羊毫	二元二角一分	兼毫画笔	一元八角六分
又小楷宿羊毫	一元六角五分	紫毫画笔	一元八角六分

羊毫兼毫须眉	一元四角四分	鹅字	三角二分
羊毫紫毫图画	一元四角四分		
须眉笔紫毫	一元四角四分	**匾额笔**	
		经天纬地	一元八角八分

续登各种湖颖品类价目

| | | 翘轩宝帚 | 一元五角二分 |

联笔

长锋纯羊毫联笔

墨海腾波净纯羊毫	一元二角六分	经字	二元四角二分
宛若游龙	一元一角	天字	一元九角四分
宝翰凝辉	八角八分	纬字	一元六角
云汉为章	六角八分	地字	一元三角四分
文治光华	五角五分	谓字	一元一角五分
雪亮风生	四角六分	之字	九角四分
		才字	七角

中书君

极品长短锋宿羊毫条幅笔		**纯羊毫提笔**	
	一元七角	顶号	三元
挥洒云烟净纯羊毫	八角八分	大号	二元五角
冰清玉洁	六角八分	二号	二元
霁月光风	五角五分	三号	一元六角
云中鹤	四角六分	四号	一元二角
条幅笔	二角三分	五号	九角二分
卷心条幅笔三紫七羊		六号	六角八分
	八角八分	七号	五角六分
屏笔乳羊毫	三角六分		

羊须提笔

顶号	一元
大号	八角六分
二号	七角二分
三号	五角八分
四号	四角八分
五号	三角八分
六号	二角九分
七号	二角二分

新增湖笔

净纯紫狼毫	六角八分
净纯狼羊毫	六角
净纯紫白毫	五角五分
笋尖式	四角六分
香狼折笔	二角五分

长锋狼毫

长锋北狼毫联笔	四元六角
长锋北狼毫条幅笔	三元五角
长锋大楷北狼毫	一元六角
长锋中楷北狼毫	一元二角
长锋小楷北狼毫	七角四分

长锋紫毫

长锋冬紫毫联笔	四元二角
长锋冬紫毫条幅笔	三元
长锋大楷冬紫毫	一元四角
长锋中楷冬紫毫	一元一角
长锋小楷冬紫毫	七角

长锋紫羊毫

长锋紫羊毫联笔	四元二角
长锋紫羊毫条幅笔	三元
长锋大楷紫羊毫	一元四角
长锋中楷紫羊毫	一元一角
长锋小楷紫羊毫	七角

长锋紫兼毫

长锋紫兼毫联笔	三元四角
长锋紫兼毫条幅笔	二元二角
长锋大楷紫兼毫	一元一角
长锋中楷紫兼毫	八角二分
长锋小楷紫兼毫	五角二分

鸡毛笔

鸡毛大联笔	二元三分
鸡毛联笔	一元七角
鸡毛条幅笔	一元一角

大楷鸡毛笔	六角九分	春字红木小斗笔	五角
中楷鸡毛笔	五角二分		
鸡毛笔	三角九分		

纯羊毫抓笔

选号	十六元
大号	十二元六角

羊须抓笔

精号	九元六角
选号	八元二角

短锋宿羊毫联笔

顶号	六元九角
大号	五元五角
大号玉笋	三元七角
二号	四元六角
二号玉笋	二元八角
三号	三元七角
三号玉笋	一元九角四分
四号	三元

各种条幅联笔

五号	二元三角
长锋二紫八羊联笔	四元二角
六号	一元八角
长锋二紫八羊条幅笔	二元一角
七号	一元四角
卷心三紫七羊联笔	四元二角
卷心三紫七羊大条幅笔	二元一角
长锋狼羊毫联笔	三元七角

纯羊毫精抓

选号	六元九角
长锋狼羊毫条幅笔	一元八角四分
顶号	五元五角
双料极品长锋宿羊毫条幅笔	
大号	四元一角
	三元四角
二号	三元
加料极品长锋宿羊毫条宿幅笔	
三号	二元三角
	二元五角六分
四号	一元六角
长锋乳羊毫条幅笔	一元六角五分
五号	一元二角
长锋白毫条幅笔	一元六角五分
六号	九角二分

精制骨斗提笔

兰字北狼毫	五元
亭字	四元六角
散字	四元二角
卓字	三元八角
冰字冬紫毫	四元六角
清字	四元二角
玉字	三元八角
洁字	三元四角
保字紫羊毫	四元六角
合字	四元二角
太字	三元八角
和字	三元四角
文字宿纯羊毫	四元
治字	三元五角
光字	三元
华字	二元六角
词字紫兼毫	三元八角
林字	三元四角
妙字	三元
品字	二元六角
元字羊毫	一元
亨字	九角二分
利字	八角二分
贞字	七角

羊毫对笔

挥字	四角六分
毫字	四角一分
落字	三角六分
纸字	三角二分
如字	二角四分
云字	二角
烟字	一角五分
小条幅笔	一角二分

杨墨林笔墨庄湖南笔价目表

各种小楷羊毫

极品长锋小楷宿羊毫	六角
极品小楷纯宿羊毫	三角
极品小楷纯羊毫	二角五分
上品小楷羊毫	二角
小楷羊毫	一角六分

寸楷羊毫

极品提净纯宿羊毫	三角
极品提净纯羊毫	二角五分
上品寸楷羊毫	二角
寸楷羊毫	一角六分

鸡狼毫

极品加料鸡狼毫	三角五分
极品鸡狼毫	二角五分
上品鸡狼毫	二角
鸡狼毫	一角六分
麻杆水笔	一角

各种屏联羊毫

极品长锋提净屏笔	一元二角
极品提净宿羊毫	一元
游天戏海	八角
五联对笔	六角
七联对笔	五角
妙手由君	四角

各种中书羊毫

风流名士写红笺	八角
羲之妙笔在群鹅	六角
掷地金声	五角
兰亭散卓	五角
中书羊毫	三角
满纸烟云	三角
笔锋摇五岳	三角
白铜笔套	四分
黄铜笔套	二分

其余湖笔及水笔徽墨等另有仿单

杨二林堂笔单戊辰价目

贡品紫毫	六角
圆转如意	六角
殿试策笔	四角八分
紫颖折笔	三角六分
磨炼精神	二角六分
金玉满堂	二角四分
紫毫策笔	一角九分
紫毫写折	一元六角五分
加料紫毫	一元七角一分
天香深处	九分
宜书宜画	六分
紫毫须眉	九分
元笔	一角八分

以上紫毫

极品顶锋羊颖	六角
双料长锋羊毫	四角八分
爪锋净纯羊毫	三角六分
双料净纯羊毫	二角九分
长锋小楷羊毫	三元六角三分
双料长锋小楷	三角六分

文明长锋小楷羊毫	二角	得心应手	四分五厘
宿净羊毫	二角二分	羊毫最精	七分八厘
宿羊小楷	二角六分	制纯羊毫	五分八厘
圆健羊毫	一角九分	画成换鹅	七分八厘
制古羊颖	一角八分	中西临帖	四分五厘
羊毫小楷	一角二分	杨二林第一	三分三厘
净纯羊毫	一角三分	纯羊小楷	四分
长锋书画	一角九分	小学习字	二分二厘
双料书画	一角三分	良鹅	一元七角一分
羊毫书画	六分五厘	中鹅	一元七角一分

以上羊毫

		鹅毫	九分
		临帖	四分

以上各种兼毫

极品狼羊兼颖毫	三角六分		
双料五紫五羊毫	二角九分		
加料七紫三羊毫	三角	中楷狼毫	六角
调和三紫七羊毫	三角	海晏文龙	二角二分
精选一紫九羊毫	一角九分	北狼小楷	二角二分
果然夺得锦标归	二角二分	鸡狼小楷	二角
双料一窗写黄庭	一角八分	广东乌龙	一角八分
宝花浮墨带书香	一角七分	极品京水	一角三分
一窗晴日	一元六角五分	真紫绿颖	一角三分
二紫八羊	一元六角五分	臣心如水	一角二分
自制挥毫	一角七分	双料京庄	一角二分
制上兼毫	九分	自制京庄	一角
词林妙品	五分	仿古京庄	八分四厘

239

神如秋水	九分	七言对笔	三角
狼毫钩筋	一角三分	自制屏笔	三角
客狼书画	一角三分	宿羊条幅	二角四分
四料狼毫	八分	羊毫条幅	一角六分
双料京水	一角	纯羊对笔	一角八分
殿试京庄	一角	大鹅	一角
纯狼毫	一角六分		
大京水	九分		
上京庄	七角五分		
大绿颖	一角		

以上各种水笔

李鼎和笔单

各种大笔

紫毫

头号对笔	二元四角	圆转如意	一两二钱
颉文恬颖	一元二角	策笔	九钱
墨海腾波	一元四角	右军书法将军令	七钱五分
长锋对笔	一元二角	梅品冬紫毫	六钱五分
顶锋屏笔	九角六分	全料紫毫折笔	五钱五分
挥洒自如	八角	助文人高攀丹桂	扶学士直上青云
宛若游龙	九角六分		四钱五分
调和鼎鼐	七角	星使出词曹	四钱
传家之宝	六角	双料净紫毫	三钱五分
精制文艺	四角一分	加料紫毫小楷	三钱二分
龙飞凤舞	三角六分	御赐天香深处	二钱八分
八言对笔	二角四分	折笔	二钱五分
		天香深处	一钱六分
		小楷紫毫	一钱五分
		纯紫颖	一钱四分

五云深处	一钱	九紫一分羊毫	七钱
		二紫八羊毫	六钱

羊毫

		三紫七羊毫	五钱
兰芷式净羊毫	一两六钱	加料紫羊毫	四钱五分
贡品净羊毫	一两二钱	七紫三羊毫	四钱
长锋净羊毫	一两二钱	七紫三羊小楷	四钱
极品净羊毫	九钱	四紫六羊毫	三钱五分
红香春洗养鹅池	七钱五分	五紫五羊毫小楷	三钱二分
露出清光	六钱	五紫五羊毫	三钱二分
仿古羊毫	四钱五分	汉璧	三钱
长锋小楷羊毫	四钱五分	景星庆云	三钱
宿子羊毫	三钱五分	金殿传呼	二钱五分
小楷羊毫	三钱五分	小楷兼毫	二钱五分
精选净羊毫	三钱	刚柔相济	二钱五分
上纯羊毫	一钱八分	纯紫兼毫	二钱二分
明月珠	一钱五分	果然夺得锦标归	一钱八分
鹅笔	一钱二分	第一人书第一篇	一钱八分
选羊毫	九分	上羊兼毫	一钱八分
银毫	六分	魁三兼七羊	一钱四分
小大由之	六分	春风马上篇	一钱四分
纯羊毫	五分	黄阁词元	一钱四分
小羊毫	三分五	上乳毫	一钱二分
		九天珠玉	一钱一分
		词林妙品	一钱

兼毫

精选七紫三羊毫	七钱	蓬莱第一峰	一钱

得心应手	七分	双本	三分五
羊兼毫	三分五		

画笔

狼毫水笔

		净羊毫兰竹	六钱
双料净狼毫	五钱	纯狼毫兰竹	五钱
极品净纯狼毫	四钱	拣选大着色	一钱二分
元笔	二钱五分	拣选中着色	一钱
紫狼通开	二钱	拣选小着色	八分
小楷狼毫	二钱	羊毫书画	一钱四分
春光醉目前	一钱五分	紫毫画笔	一钱二分
乌龙水笔	一钱五分	双料羊毫画笔	一钱
大绿颖	一钱五分	书画皆宜	一钱
臣心如水	二钱四分	四料狼描	八分
三茅豫庄	一钱四分	双料狼描	四分
仿古京庄	一钱二分	点笔	三分
三场名笔	一钱二分		
小绿颖	八分五厘		

揸提对笔

双料京本	八分五厘	大号揸笔	四两
京庄水笔	八分五厘	二揸	三两六钱
金不换	六分	三揸	三两二钱
神如秋水	六分	四揸	二两八钱
上京本	五分五	五揸	二两五钱
上京水	五分五	六揸	二两
双水	四分	大号提笔	八钱
小京水	三分五	二提	七钱

三提	六钱	天然如意	二钱四分
四提	五钱	一片冰心	一钱四分
五提	四钱	柳条	一钱二分
六提	三钱	大纯羊毫	三钱
腾蛟起凤长锋大羊毫	二两	二纯羊毫	二钱五分
墨海腾波长锋二羊毫	一两八钱	三纯羊毫	二钱
群鸿戏海长锋三羊毫	一两六钱	四纯羊毫	一钱六分
横扫千军长锋四羊毫	一两四钱	五纯羊毫	一钱二分
宛若游龙长锋五羊毫	一两二钱	六纯羊毫	八分
群宿净大羊毫	一两八钱	计银每两大洋捌角	
贤宿净二羊毫	一两六钱		
毕宿净三羊毫	一两四钱		
至宿净四羊毫	一两二钱		
精选对笔净羊毫	八钱五分		
精选条幅净羊毫	六钱		
精选屏笔净羊毫	七钱		
加料条幅	四钱五分		
纯羊毫联笔	四钱		
纯羊毫条幅	三钱五分		
纯羊毫中书	三钱		
鸿戏秋江	四钱		
云飞玉立	三钱六分		
气壮山河	三钱二分		
龙跳天门	二钱八分		

读书的回忆

《语文学习》杂志的编辑要我谈谈治学之道,惭愧得很。"起舞不辞无气力,爱君吹玉笛。"编辑先生的盛情我何能恳辞呢?说经过也罢,算陈述也罢,"泥上偶然留指爪,鸿飞那复计东西",不过在我将近七十年的逝去年华中,来谈谈我的读书与自学罢了。

我是五岁破蒙,读的是私塾,又名蒙馆,人数不过七八人。从早到晚就是读书背书,中午后习字,隔三天要学造句。没有暑假、寒假、星期天,只有节日是休息的。到年终要背"年书",就是将一年所读的书全部背出来方可放年学。当时的生活是枯寂的,塾师对学生的责任感是强的,真是一丝不苟。

家庭教育也是培养孩子的一个重要环节。我八岁丧父,母亲对我这个幼子,既尽慈母爱子之心,又兼起父责,她要我每晚灯下记账,清晨临帖练习书法,寒暑不辍。我对老姑夫陈儒英先生是垂老难忘的。父亲去世后,我十岁那年妈妈将我送入一所美国人开的教会小学上学,插入三年级,但是我家几个弟兄的中文根底,却是老姑丈打下的。

他是一位科举出身的老秀才。妈妈将我们几个弟兄托付了他，因此我每天放学后要读古文，星期天加一篇作文，洋学堂外加半私塾。

记得我幼年读的第一本书就是《千家诗》，至今篇篇都很熟悉，那是得益于当年的背诵。当时有些篇章也一知半解，但我都背出来，等以后再理解。比如《幼学琼林》这本书，就是我在私塾中由老姑丈亲授的，书中有许多人物传略、历史、地理常识等。那时我虽然不完全懂得其中的内容，但总觉得音节很美，上口容易，我就天天背诵，长大后就豁然贯通了。想不到就是这本《幼学琼林》对我后来研究建筑史及园林艺术起了很重要的作用，它是一本最概括的索引。要不是我孩提时代背熟了这本书，长大后需要检索类书就十分不方便了。

少年时的博闻与强记，是增加、丰富知识的最好时光。我记得那时旧式人家有门联、厅堂联、书房联、字屏及匾额，写的都是名句、格言等，朝夕相对，自然成诵。有时还了解了这些文人学者的成就及身世。至今老家的许多联屏，我还能背得一字不差。一处乡土有一处的历史，父老们在茶余酒后的清谈，使我得到很多的乡土历史知识，有时我还结合自己的学习，做点小考证。初中时，我已能参考点地方文献，写些传闻掌故之类的文章，开始投稿，赢得老师的好评,今日看来这些文章当然是相当幼稚的。

我中学时所读的语文课本,大多是商务印书馆、中华书局等出版的教科书,所选的内容是多方面的,有古文、语体文。古文中有经书的片段,有唐宋八大家的文章,晚明小品以及诗词等;语体文有梁启超的、鲁迅的、胡适的、陈衡哲的、朱自清的、徐志摩的。总之从篇目中已能看出中国文学史的缩影。我早年一度做过浅薄的文学史研究工作,回想起来是得益于中学语文教师的严格训练与教育。他们不但讲解课文深入透彻,而且最重要的方法是要求学生把课文背出来,所以文学史上的一些精彩篇章全在我肚中了。例如《礼记·礼运篇》中的"大道之行也,天下为公",梁启超的《志未酬》"但有进兮不有止,言志已酬便无志"等佳句,就起了指导学生怎样做人的作用;鲁迅的《阿Q正传》,朱自清的《背影》,这两篇文章学了后,使我认识到旧社会的可憎,父子之情的伟大;还有名人传记,都教育学生要效法好的榜样。而那些朗朗上口的唐诗宋词,读起来比今天的"流行歌曲"不知要感人多少倍。那时的老师讲得透,学生背得熟,一辈子受用无穷。

以后在大学学习,也没有废弃背书一节。考试时如果没有背的功夫,也考不上高分。

今天大家学外文的劲头是大了,应该说是好现象。然而对祖国的语文，去背的人相对地差劲一些。我曾向中央反映过，考研究生，语文应是主试内容之一。不论哪种专业，大学一年级还是要读语文的，如果没有祖国文字的表达能力，亦就是说，怀才无口，终等于零。

如今电脑发展了，但不能使人脑退化。现在的电子计算器使用很方便，资料复印固然好，但中学语文教师对学生的严格要求仍不能放松。学语文，名篇不背，人脑的记忆功能不就退化了？读书人应尽量利用人的记忆功能，尤其是中小学生，学语文不读不背是不行的，作文光写点体会也是不行的。

梅兰芳、马连良等表演艺术家之所以能不用扩音器，取得极佳的表演效果，这正是由于艺术大师们长期勤学苦练的结果。这是那些手握麦克风的歌星们所无法比拟的。

如今，有的教师一上讲台，有些像作大报告，照脚本宣读，学生听听也就罢了。个别教师对教材尚未心领神会，讲起来当然就干巴巴了。说实话，做老师的如果不下苦功，不花点力气去研究、熟悉课文，怎么教得好学生呢？我真佩服我们前辈的老师们，他们在十年寒窗中下了多大的苦功啊！

也许我调查得不够全面，有些语文教师不识繁体字，不辨平仄声，不知韵脚，一教韵文，但解文字，不知音节。个别大学中文系的教师也还存在这些现象，中小学语文教师就更不用说了。中国的文字，有形、有义、有声，是世界上特殊而俊秀的一种文字，做老师的应该理解它。我是理工科教师，不少日本的大学教师到中国来进修时带了汉诗，这些汉诗当然都是与建筑有关的，他们请教于我，如果我一无所知，怎么办呢？"学然后知不足，教然后知困。"倘能边教边学，还算是好的，最怕的是说一声："嗨，这是些老东西，封建的东西，落后的东西，淘汰的东西，不现代化了，过时了。"把祖国的文化拒之于门外。

中国的文章重"气"，这是与书画、建筑、园林、戏剧、医学等一样的，要重"气"。因此文章要朗诵，要背，得其气势。谚语说得好："熟读唐诗三百首，不会作诗也会吟。"这里说的是重在"熟读"两字。学语文，不读不背不理解，要想做好文章，凭你的语法学得再好，也如缘木求鱼。我国的著名文学家可说全不是从语法学习中得到高水平的创作而成名的。语法不是不要学，学是为了检查自己的文章造句，合乎语法规律否，但不能靠语法来写文章。不是我今天讲句很不礼貌的话，很多语法老师语法是专家，可是写起文章来，也许不能令人满意。这到底是怎么一回事，恕我难言了，明理人自然知之。

几千年传下来的传统学习语文的方法，它培养了无数的文人学士，我们不能轻易地抛弃啊！白话文不等于白话，口语代替不了文章，学语法不是学作文的唯一方法。熟读《描写辞典》，写出来的文章牛头不对马嘴的，工具书是重要的，但不是唯一的书籍。读书没有捷径，最愚蠢的方法却带来最聪明的结果，事物就是这样在转化。

我是文科出身，自学改了行，做了三十多年建筑系教师。在中学教过语文、史地、图画、生物等，在大专学校教过美术史、教育史、美学、诗选等。在建筑系我教过建筑设计初步、图画、营造法、造园学、建筑史、园林理论等，并且还涉及考古、版本、社会学等方面的研究，可算是个"杂家"了。解放前，我是为生活所迫，有课就得教，要教就得准备，不然如何面对同学？辛苦当然是辛苦的，然而这又迫使人拼命干，尤其对青年人来说，好处太多了。现在有些青年教师要开一堂新课，什么先进修、参观啦，花样太多了。温床培养不出鲜花，游击战士有时比正规军事学校的毕业生善于作战，艰苦的环境能锻炼出人才。多方面的知识，是会有助于专业学术水平提高的。

最后，我得申明：上述谬论仅代表我个人的一些落后的或不明现状的痴语而已，请读者原谅。我是面对现在青年人语文水平不够理想而发出的呼吁，并无他意。

我为什么写作

我为什么写作?回答很简单,为情造文而已。我思想很杂,敏感不强,凭一点本能与没有埋没了的良心,在情难自已时,不免就要写作了。不论学术文也好,记景文也好,抒情文也好,绝不无病呻吟,故作姿态。因为我不以作家自居,赏心只有自家知,那种自我陶醉,算是一乐!

近三年来丧妻哭子,心情颓唐已极,"以园为家,以曲托命",寄我余生;而写作呢,也触景生情更多了,"无可奈何花落去,似曾相识燕归来"。痛苦的人生,换了血泪的文字,滋味谁知?这种写作,可能只有我吧。

1989 年 3 月 28 日

开卷有益

读书就是读书,书不读不熟,不看没知识。读了一辈子书,教了一辈子书,要我说哪本对我受益最多可难了。正如吃饭一样,要我说最受益是哪味菜,我只好说,只有大米饭最重要了。没有饭吃,我是活不下去的,当然其他的肉类蔬菜也是重要的。对书来讲,我只可说识字是我最关键的。不识字,我什么书也说不上,识字可说是生活中的大米罢。

书有好书,有好句,有好思想。正如饭菜进入胃中,我也无法分析是哪一种,已经混合了,变成了我的营养了,我又怎么说呢?

我原是文科出身,四十多年来做了大学建筑系教师,要我说我读的书,我仅仅是一个读杂书的杂家而已。我不是靠一本书吃一辈子的人,也无法说哪一本书是我的秘本,我只能说我喜欢,有兴趣,对我学问有好处我就要读。记得十几岁时爱读李清照的词,不但背出来,而且过了几年写了一篇她的事迹系年;对徐志摩有感情,读了他的著作,完成了他的年谱;李格非的《洛阳名园

［清］王震《读书图轴》（局部）

记》，使我在园林学术范畴中起了启蒙与深究的作用。当然要说文学、建筑、绘画、昆曲、考古等还更多更多，也不必细谈了。我总觉得好书能引人入胜，终生受用不穷，它永远萦绕在脑子中。我写文章可能比较低调些，那是受文学中阴柔派的影响，因为欢喜婉约的文章，那就阳刚的少读了，这也是人之常情。正如我与园林、昆曲一样，性相近也。我是不会写大文章、发大议论的人，我只缠情于短小有情致的作品。我爱晚明小品，诗中绝句，词中小令，小品书画，小园林，昆剧折子戏，种些小植物，养只小禽鸟等，这些虽不全是书，但可算是给我影响最大的东西。它能改变我的气质，陶冶我的感情，培养我的性灵，增长我的学问，我为学无术，如此而已。

时间是宝贵的，废话还是少讲，正如"文化大革命"时，红卫兵要我作交代，免得受训斥，老老实实，坦白从宽，读者也原谅的罢。"学向勤中得""开卷有益"，"勤"字是宝贵的东西。近来看见有些青年十元买一包外烟，一点也不吝啬，一元购一本书却舍不得，我们读书人真不理解，文化啊，文化啊！何至于斯呢？

1987 年

苏州园林今何在？

我最近应苏州园林局之邀，到苏州参加苏州园林艺林展览室成立活动。苏州能有这样一个园林展览室，是可喜的，对中国文化起着很大的宣扬作用；园林局做了一件大好事，亦平添北寺塔公园一个游览区。

我又去了旧地重游的几处名园，真是旧游如梦，新景全非，我几乎不相信我回到了"柔情未了"的这些泉石亭台。如今所有厅堂轩榭，差不多全开了商店，连拙政园的外宾接待室，也开了手工艺商店。满园挂彩灯，立彩人，俗不可耐，彻底破坏了雅秀的江南名园。我面对着这种丑景，还有什么可说呢？正如一个美人蒙尘了。我只有默然以对热情招待的园林主人们——局长们。

回到上海，接待台湾客人诗人洛夫等，以及外国留学生，有法国的高克家、日本的久保田雅代，他们都对我说起这件事。这些热爱中国文化的外国朋友们，要我提出这个问题，我怕我没有这样的权力，也说不好这件事，更破坏了"承包"利润政策。但是，园林的收入要看园林水平，外国园林门票价格很高，而它园林水平及管理水平亦高。如今以园林经商，以园林为商场及游艺场，真是本末倒置，这样总有一天园林会遭殃。

狮子林是贝聿铭先生的家园，内有贝氏宗祠，前年贝先生回国，亲自参拜宗祠，拍摄了录像，最近也寄了给我。可是，如今将祠堂改为陈列室，似乎做法上太唐突，将来贝先生重来，如何交代呢？对待这样一位世界名人，苏州是他的故乡，又怎样讲呢？苏州他的故居拆除了，祖坟亦破坏了，如今唯一的一个家祠，也没有幸存，我很怕，我见了贝先生怎样讲。6月间，我与他在深圳见面，送了他一部贝氏家谱，他几乎流泪，而我呢，没有告诉他这个不幸消息。现在提出来请苏州市政府对这问题慎重考虑一下。

至于园林管理水平，乱、不清洁，似乎管理人员也分心了，没有做好。

总之，园林局不是商业局，园林不是商场，这个问题应该提到日程中来。希望国家园林局及各级政府，要采取措施，特别是各地园林管理局要做出管理成绩来！

作为一个园林工作者，贡此管见，我无坏心，拳拳之意而已。

吹皱南北湖

这篇文章早想写了,而屡屡搁笔,欲说还休,更觉自己位卑言微,吹不皱一江春水,算了吧!但人总是有感情的,尤其钟情山水,知己泉石,积习未除,老而弥深,竟无法遏止了。

近来浙江西部、江苏南部的一些城市的风景区,每每邀我去,总是对我说上面对他们重视不够,比如平湖海滨、海盐南北湖等;而邻近上海的市县,如江苏的太仓、昆山、常熟等地,也常常为拿不出更多的财力来开发而苦恼。南北湖任其开山,昆山任其建造有污染的工厂,实在是很可惜的。

说到南北湖,经我拼了老命似的奔波与呼吁,嘉兴市与海盐县各拿出十万元,但对开发这样一个风景区,不啻是比毛毛雨更小的"尘雨"也。

上海应该扩大它的风景区,单单着眼于一个淀山湖是不够的。千万人口的大城市,假日何处去?现在常有上千人蜂拥去了南北湖,可是到了那里,连停汽车、吃顿饭都成了问题。我建议当地的领导,还有上海的有关领导，何不抽空去看看。"风物长宜放眼量"，风景是全国人民的，能不能来个合作，共同开发建设呢？

我不懂地方行政，说了这些狂言。但南北湖要是开发出来了，上海人民将是非常乐意的吧？

新春拆书

春节中接到澳大利亚留学生李可赞的贺年片，那红色烫金画"一帆风顺"的中国贺年片，与正楷写的汉字信，处处表现了这位热爱中国的小姑娘的风致。当年离开中国这天上飞机前，来我家辞行，依依不舍，口口声声说还要再来。她在我们同济大学当研究生，除去面形与发色外，几乎与中国学生分不出；而在中国文化方面，恕我乱说，可能比一般中国同学为高。她是一位热爱中国，对中国已经有了深厚感情的人。

信上这样写着："……我还想中国，关于这个问题有很多方面的，我失去与你谈话的机会，在这里没有什么好吃的中国菜，也看不到昆曲，喝不上绍兴黄酒。希望还有机会回到中国去。"她是研究中国古建筑园林而来，已深深体会到，仅仅单科独进，研究一门，而没有涉及其他文化范畴，那虽是掘井，但水源不广的。她从中国园林中，爱上了昆剧。她不但爱看演出，而且自己到上海昆剧团去学唱，买了《振飞曲谱》及其他有关昆剧书，将我家藏的昆剧录音全部录走，拍摄了许多剧照回去，包括她与华文漪、梁谷音等的合影。她听昆曲等于吃中国菜、喝绍兴黄酒一样，能使人慢慢地进入微醉，婉转柔和，教人进到一个恬静、淡雅的境界中，可以陶冶性情，尤其在繁忙的生活中，得到片刻的安慰，实为人间快事。她又说从中国菜、昆曲、黄酒中尝到了中国味，对专业的学习理解更深入了，从中国味中培养了她热爱中国的感情。

这也许是我神经过敏吧，外国留学生来到中国久了，在他们身上倒能呼吸到一点中国味，而我们自己的同学，反散出了很多不正常的洋气。我总不理解，沉默，为什么这五千年的文化宝库不好好研究，而人家偏又万分钟情呢？我有些自惭与内疚了，我们老一代还没有尽到责任。最近上海师范大学要我写一篇"我与老师"，春节期间我在含泪的微笑中写成了，我知恩感德我从老师手中接受到祖国文化。而今天从一个外国的留学生信中，见到她一颗热爱中国之心，我高兴极了。我对在身边的外孙说，寒假中教你的《古文观止》全背熟了吗？他高声朗朗地念着："世有伯乐，然后有千里马……"我欢喜无量，老一辈不能蹉跎他们的岁月，多给孩子一点爱国主义的教育吧！

恭喜发才

春节同济大学团拜，校长江景波教授要我代表老师们说几句贺词，我就向大家双手抱拳，作个揖，因为如用个个拥抱的那一套进口礼节，实在太繁琐，只好用"土"办法简化了。接着我又说恭喜发才。郑重申明，此"才"非那"财"，有些人表情上仿佛不解，怎么新岁里连财都不要了？这也不能怪人家，近年来社会上很多人钱迷心窍，利令智昏，开口就是讲实惠，这是可理解的。而我们高等学府呢？就是要发才，发现人才，培养人才。学校不造就人才，怎么叫学校呢？

我们的使命与责任，是着眼放在"才"字上，因此趁此新春相互恭喜之际，理应以发才为首要了。人才多了，有所发明，有所创造，财富自然而来，我们国家正缺少大批优秀的各方面人才，这担子绝大部分是落在我们教育工作者身上，责无旁贷的。我如此一番谬论，居然博得哄堂大鼓掌，似乎有所领会与触动。我也感觉到分外高兴，深庆丁卯春节之非虚度了。郑板桥有首题竹诗："新竹高于旧竹枝，全凭老干为扶持。明年再有新生者，十丈龙孙绕凤池。"寄意甚深，亦正写出了老一辈的性情。因此团拜中要我作画，我在竹旁将此诗写上，期望我们的学生能一代胜于一代，他们的成长是我们老一辈最大的愉快与安慰。团拜归来，心情屡屡难平，薄醉写成此文，希望我们对"发才"二字，在新的年度做出最出色的贡献与成绩。

湖心亭怎么办?

林放同志在本报《反过来想一想》一文写得太好了,柔情未了,又勾起我上海市城隍庙湖心亭的旧事。豫园是国家级重点文物,也是上海唯一的国家级古典建筑,湖心亭它是豫园的组成部分,从四百年前豫园建成时已早形成了,在中央批准国家级重点文物的文件中,也将湖心亭放在豫园之内。我在本报中也屡屡写文,呼吁南市区商业部门将湖心亭完璧归赵。我又忝为上海市政协委员与文物保管会委员,提出了归还湖心亭的提案。可是,"苏三案件发还洪洞县",当然苏三还是冤沉大海,永无昭雪之日。我看将来茶室火神临门,大祸临头时,后果谁负呢?

这两年来,文管会开会,委员们提出了很尖锐的意见,有的委员说得好,现在报上说湖心亭老茶客减少了,几乎没有了,都是一些青年谈情说爱,那么商业部门强调老茶客品茗这条理由也该自趋不存在了。我两年来为了重建豫园东部,扩大了豫园空间,很快地增加了中外游客,外宾说得好,豫园是"沙漠的绿洲"。但这绿洲组成部分之一的湖心亭，如今还没有得到应有的重视，"老大嫁作商人妇"，我曾建议过将湖心亭归还给豫园，割去后部的不合理的建筑，作为风景点，任游客登临，将九曲桥改为低平的明式低桥，豫园的空间扩大了，豫园的游客可更多了。比几个坐在那里闲读的人，比从他们手中得到茶金也更多，那时三穗堂外一片水景，湖心亭玉立波中，夹岸垂杨，是多美的意境啊！林放同志说"政府公房被居民占用，县长以法定代理人的身份向法院起诉，收回产权"，那么我要提出一个问题，湖心亭的产权是谁的，是国家级重点文物保护单位。上海市文物保管委员会又如何执法，我不懂，我作为一个老读者，读报有感，提出来与大家商量，并请问有关方面该怎么办，湖心亭不要再做苏三，使它早日成为豫园景点的一大部分。

闲话修路

老妻下世一周年了，心情非常难受。她死于胃癌，开过肚子，因为癌扩散了，虽然缝补好，但终于送了命。独自漫步街上，又是一番触景生情。我们新村大门口的马路，如今又在"开刀"，光滑的路面，也不知什么缘故，要动手术了，大约也是癌症吧。作为人民代表的我，也得打听打听，原来路旁建筑物加高，自来水供应不够，仿佛一个人要换血管，换血管就要开刀，现在已在动工。汽车道改为单行，路上满目疮痍，行者叹于道，其情真不忍睹，其路亦艰于行。这些现象，在上海是毫不足奇的。马路手术做得很是"细心"，缓慢得使海外侨胞"赞扬"。说是今年看到在修路，明年再次回国未收工，还在"继续革命"。我听了黯然无语。我孤闻少见，外国去跑过几趟，不免出了怨言。然而我们又有多少"领导""专家"也去过，回来介绍人家好，谦虚地说我们要学习他们，可是却依然故我。马路年年开刀，而且只开大刀，要修补一点不平和积水呢，则不肯高抬贵手了。我没有小包车坐，只有凭我两条老腿，短距离安步当车而已，可是老眼未花，见到开肚子的马路，应该说是对市容美的一个致命伤吧。如今我也不发表大道理了。因为有些主管市政的部门，做起工作总结来，总是令人"满意"的，我也举过手，一致通过。但是我相信，美与丑，人们总会分辨的，也许有些人丑也当作美，这是哲学上的转化，我也无词以对，但是人非草木，面对开剖肚子的马路，总有所感吧！人生病要开刀，路有问题也要开刀，但总希望少开刀，开刀也希望手术快一点。如今美容师一天多于一天，美容所如雨后春笋，独独对市容美的主要组成之一路面，却照顾太少。修马路，汽车可绕道，行人呢？只好"拉练"了。小修行崎路，大修兜圈子，不修则已，一修惊人，其进展之速度，可谓长生有术，延年益寿，没有一处不是一动经年的。国外修路晚上抢修，我们修路白天还是"从容"为之，谈笑风生。当然外行人，只知道城市要美，而不懂得城市建设之复杂性，但是为什么人家能有规划、有步骤，能动外科手术，定期迅速完工，而我们却不能？要我谈市容美，与其纸上谈兵，讳疾忌医，不如老老实实说出身受其苦的流行病，能够为民早日脱离苦海，亦如愿以偿。

　　马路开肚子这一痼疾，在上海越来越重，如果华佗再世，妙手回春，那么不仅市容变美，交通问题也会有所改善。苏东坡有两句诗："贫家净扫地,贫女好梳头。"这对我们市容美来说,可能还有借鉴吧。

放大

天气已大有秋凉之意,西瓜市上也逐渐少了。看见人家在吃,一点也不肯浪费了,当咬到将近皮的地方,我忽然想到从前有句讽刺人的话,叫"啃西瓜皮说大话",颇耐人玩味,话要用夸大来说就是"吹牛"了。但如今

[元]钱选《秋瓜图》(局部)

夸大的方法巧妙了，因为放大的技术进步了，造成了许多假象，而且作伪也更容易了。

　　近来在风景区也好，公共地方也好，出现了很多题字，有的大到寻丈，使人吃惊，这位书家确是有本领，但仔细一打听，原来是放大的。小字放大，等于小人放大，比例上终是失调，何况笔力气势全无，然而万古流芳，在此"放大"一举。人们的嗓子有高低，一般人没有大嗓子，应该借助于扩大机，但是演员们却依赖扩音机，来支持门面，这似乎太说不过去，这叫基本功不硬，是要害煞人的。学术是不能有一点虚假的，但毕竟是读书人来得聪敏，我曾见到升等定衔的论文，用复印机放大，可将薄薄几张纸，厚度放大到几倍，精工装订，外加硬套，皇皇乎巨著矣，确实可以蒙蔽人们。此谓之学术放大也。至于"学而优则仕"，官衔大了，水涨船高，学术地位随着都来了，放大度数也加上去。从前画人像，要下过相当深的苦功，解剖学、透视学、素描等，如今有了放大机，拿照片一放，万分正确，事半功倍。做广告的必然要放大，年轻时听到卖衣铺的售货员在叫"长似长来大又大，裤裆好比城门大"，这种广告性的宣传，在旧社会是适应的，今天卖"牛仔裤"的却应用不上了，放大也有时代性的。阳澄湖清水蟹，广告摊上所需要的，蟹要画到桌面那样大，引人注目才好。

近来读了报刊上许多传记式的文章，作者确乎能放大，放大得似乎有类捏造。《解放日报》上《徐志摩与陆小曼》一文，简直用黄色笔调来歪曲诗人形象，作者在外面还放大地直说，是我看过的，赵家璧先生推荐的，真荒唐无耻到极点。我们不正面评价一位作家诗人的作品，将人家私生活放大来换稿费，缺德也，缺德。

我们到今日，"文化大革命"的流毒仍未肃清，放大者与无限上纲，看来区别不大。因此很多事物不实事求是，喜用惯用放大笔法，虚假片面，往往造成了一种时代不良倾向，各方面都存在着，恕我不能，亦不敢细书了。我害怕，恐怖，不信任，而且痛恨，放大之危害也。

大好青春宜珍惜　用功读书莫经商
——给某大学生的一封信

××同学：

您好！清晨蝉鸣高枝，轻风拂人，我在同济园的小斋中，看书、作画、写文、听曲，温我五十年前大学生的旧梦。逝水流年，虽然人是老了，然而我多依恋我的青年时代，我有机会就要重温一番。因此，我也最爱与你们青年人在一起，无隔阂地谈天说地，我可以忘老，在你们身上得到活力。当了五十年的教师，越感到青春可贵，青年可爱。

也许你们还是乐意听我谈谈往事吧。我们在大学生时代，经济也不富裕，物价天天在涨，然而我们有着一个目标，就是要得到知识。求学如果得不到知识的话，等于浪费时间、精力；把知识学到手，便是我们的胜利。即使两袖清风，但学问在我脑中，我是不愁将来没饭吃的。在旧时代，生活虽然很艰难，但我们就是为了求生，也不会脱离学问二字而去搞副业收入的。当时的大学毕业生在毕业前要交一篇论文，论文要毛笔正楷抄写，文理科一律。当时我就去担任缮写论文的工作，借以得到一点报酬。今天我的一手小楷，就是这样练出来的。那时我们同学各抒其能：读工的，上工地、工厂；读文的，写作投稿；读外文的，译书、译文；能演戏的，以票友演出。即使所得甚微，然亦博得点名声。做一件事没有单纯追求"孔方兄"①的，毕业后也很容易找到与专业对口的职业。这种业余的工作，看来不是无的放矢的。我们多少有点自命清高，耻于做"业余商人"。可能我们那时的思想还不够"开放"，我们总觉得，不能有失大学生的身份，什么事都要做得"得体"。

现在，有些大学生要做生意。想发财，那又何必读书呢？我们的责任，是为国家培养有高度文化的各种专门人才，而有些人不务正业去经商，那就专业经商罢，何必占着一名大学生的位置呢？看到有些人上课时，思想不集中，成绩下降，满脑子在打钱算盘，我就谴责自己。常言道，"教不严，师之惰"，"忠言逆耳利于行"。也许以我至诚之心，能感动、挽救一些人，那就算是我在人生道路上又做了一点好事罢！

××同学，我不说大道理，我也不以老师"尊严"

---

① 对钱币的别称。——编者注

的面孔训斥你们。人总是有感情的动物，在此长夏时间，与你们谈谈知心话，也许能打动点心弦吧！你们有远大的将来，希望寄托在你们身上。你们正处于最宝贵的青春时代，体力、记忆力、智力都是最旺盛的时候，希望不要轻率地虚掷了。古今多少在事业上有成就的人，即使大银行家、大实业家，也都有很渊博的学识。见微利而弃大业者，市侩也。我相信你们中将来必然会产生很多搞金融、实业、旅游等事业发大财的人，然而，今日的世界没有知识也发不了大财。人不可以分心，读书时要好好用功读书，毕业后方可远奔前程。

我可能年龄大了，说了一些不识时务的话，恕我的出发点是善良的。同学们，努力珍重，祝你们前途宏大。

1988年8月5日于同济大学

皓首以为期

随着岁月的流逝，人的体力与精神，总感到有"不知筋力衰多少，但觉新来懒上楼"了。清晨，我缓步到学校去。同学们尚未来，我经过洁静的教室，那新制成的课桌椅，多吸引人哪！我很自然坐了下去。初阳淡抹在窗口，树枝与疏叶构成一幅幅不同的画面。太清逸了！偶然还有一二声小鸟的轻鸣，它点动了这寂静的课室，我开始仿佛沉潜在我永远无法恢复的读书时代。于是立刻出现了数月前学校授给我执教四十年的荣誉证，这红红的奖状，凝结了将近半世纪的教师生活，是功是过，我常常在沉思回顾着。一个老教师坐在教室中，正是"童年来复梦中身"。我想起了当年谆谆教导我的教师，与如今白发双鬓的同学。我在这新型的教室中，回忆起当年简陋的校舍，也想到那时如何专心听课，怎样复习，如何从一个知识极少的学生，培养起我今天的薄有成就……我想得很多。我垂泪，我微笑，我总算没有辜负母校、老师与一切对我教育的人。我想得太多了。忽然同学进来了，他们问我，老师你坐在这里做什么？我说在做梦，做甜蜜的梦，也就是尝一下你们今天的美好生活。你们要爱惜自己，珍惜每一寸光阴。"泥上偶然留指爪"，人生在世，留点什么？还是在自我安排啊！

青年们，未来的你们，就是今天的我们。你们可以憧憬美好的将来，将来是美好的，但不能忽视现在，现在一转眼便是将来。无谓的空想，不切合实际的愿望，不顾国情与我们社会的那种非分之欲，都是空的；一步一个脚印，这是最现实的事了。做到老，学到老。"努力崇明德，皓首以为期。"我们大家共勉吧！

呼吁

近来时常接到一些素不相识,而心肠绝对善良的人来信,要求我为一些遭受不同程度破坏的风景与文物作呼吁。老实说,"起舞已是无气力",我实在太无能为力了,人微言轻,凭一点学术界的虚誉,不是实权派,有什么用呢?我读罢来信,唯有沉默感叹而已。历史是无情的,没有永久保存下去的东西,也许地球终有一天毁灭,自我解嘲吧。

国家有风景法,有文物法,我们正在实行法治,而事实呢?许多地方都是长官意志办事,越到下面,越是有些"土皇帝"的作风。"上有政策,下有对策",各干各的。总的一句话,为了"孔方兄",什么风景、古迹、文物,由它去吧,如今要说的又是老生常谈,年年讲、月月讲、日日讲,再讲下去,自己也感到太不识时务了。菜馆里的回锅肉可以天天卖,而我们的这种怨而不怒的牢骚,又将发到几时呢?实在没趣了。今天又接到几封要我呼吁的信,我执着沉重的笔,又来做"无益之事何以遣有涯之生"了。

远的管不了,近的来叫叫。春天很多人从上海附近海盐南北湖回来,开口就说,我们从老山前线旅游归来的,风景虽好,炮声隆隆,陈老师你救起了南北湖,却调解不了地方战争,抢石头、炸山破坏风景,山顶一望满目疮痍,问我有办法吗?我说中央的风景保护法也给了海盐地方政府,然而风景法在地方等于变戏法,起得了什么作用呢?好在石头是卖给上海人的。上海人是可说聪敏了,有人要,就有人开。我国地大物博,有的是资源可开发,开发公司不是最时髦的名词吗?

再说上海南市区(已撤销)豫园的湖心亭,在国务院批准的全国重点文物项目内。湖心亭不是茶馆店,是豫园范围内的一景,南市区政府应该令商业局归还豫园,最近开的市政协会议,不是对此有"还我豫园"的提案吗?我这多事者,也不知大会、小会中呼吁过多少次,大小报、文章也写过多少次,然而"痴婆娘等汉",总是扑个空。上海是全国著名的历史文化名城,豫园是名城的一块王牌,南市区也引以自豪的,为什么悬案就不能结束呢?

一月前豫园旁边的工人宿舍,不慎失火,居然引起了各界对文物火警的重视,幸亏这次没有波及豫园本身。而湖心亭呢,是豫园的一部分,生火卖茶、香烟等导致失火的皆有，而又为什么不禁止呢？"星星之火，可以燎原"，这句话，可能已过时了。现在南市区政府已规定豫园中木构建筑内不许有火及吸烟，但湖心亭这样一个大火种，不禁止，不交出，这又如何解释呢？我希望上海不要辜负历史名城这个光荣称号，将文物法令认真贯彻起来，湖心亭重归豫园怀抱，作为风景旅游点，摘掉茶馆店帽子，杜绝火种，永葆青春。

新岁还添"万卷户"

迎春会上很多同志,见面时总相互频道恭喜发财,大家争取"万元户",确是一派新气象,令人鼓舞,深信在牛年中,用出牛劲获得更大的丰收与成就。今天我在同济大学的迎新会上,我祝贺大家做"万卷户"。古人说得好,"万卷诗书喜欲狂",我们毕竟是教学科研的单位,都是文化人、读书人,我们奋斗的目标,是胸有万卷书,手执万卷书,家藏万卷书。能在这个"万"字上用功夫,深信对科学文化教育作出贡献之后,自然国家成为亿万户,自己也可以成为"万元户",这样似乎是符合我们知识分子的努力方向,单纯地追求"孔方兄",可能在风格上与知识分子不大谐和罢!

"君子务本,本立而道生。""不义而富且贵,于我如浮云。"义者,事之宜也,因此我又要提到造园中的"得体"两个字了。"得体"不容易,在行动中就是做到恰如其分,当一个倾向掩盖一个倾向时,往往头脑发热了,容易出偏差,忘记了自己的所处地位。如今大家在叫嚷"万元户"的时候,我提出了"万卷户"的口号,仿佛书生气太重了,我宁愿大家骂我不识时务,但是忠言逆耳,或许还有几分可参考之处。我诚恳地希望在新岁中能出很多的"万卷户",为文化科学艺术取得光荣的成就。

1985 年 2 月

"哀悼"芙蓉鸟

最近我小斋中的那只芙蓉鸟突然暴卒,七孔流血,惨不忍睹。凄然移时,悄悄地将它埋葬了。这几年来先后"哀悼"过三只芙蓉鸟,第一只挂在窗前,被人偷掉,第二只被老鼠咬死,第三只是中毒死的。这种不愉快的遭遇耿耿心中,既惋惜又不安。不安的是因为我太对不起养芙蓉鸟专家蔡老先生,这三只鸟都是他送我的,而结果仿佛嫁出的女儿不得善终,皆先后丧亡了,他老人家闻此噩耗亦当老怀何堪啊!

我因为三只鸟先后失去,想得很多。第一只是被人偷去的,我埋怨社会治安不好;第二只被老鼠咬死,我又痛恨公共卫生未上路;第三只却更令人牢骚与怒气冲顶了,它是保姆给它吃了未洗过的青菜,受农药中毒而亡。农村为了增产,大量施用农药,而后果呢?本来吃虫的鸟被药毒死了,天然灭虫的鸟大批死亡,而菜虽然增产,菜上的虫是没有了,而农药的毒,比小虫更危险。小虫可洗去,而农药洗清更难,鸟小生命一毒就死,而我们人呢?虽然不死,而日积月累,慢性自杀的危险,不是存在着吗？社会主义的商品经营，必须讲究职业道德。尤其在今天，当全国人民正致力于建设国家时，死了一只鸟，本来是小事，然在小处却暴露了大问题。放下屠刀，立地成佛，不要做杀人不见血的刽子手。

商品经营——无论是个体经营还是国营——都须本着社会主义的人道主义精神。

1987 年 4 月 26 日

敬告向俞老求书者

前几天友人要我画张斗方小幅，画毕信手题了这样一首诗："尺幅今朝论美金，丹青写意见痴心。一语先生须记取，画家能富教书贫。"

看来又发牢骚了，因为近来名画家的润笔有很多要收美金与港币了，而我们教书匠又怎样呢？这首歪诗，似乎还可以说是真话，也许切中时弊吧？

不料过了两天，收到俞振飞老人寄来我为朋友代求的一张字，来信写得很风趣，信上说："最近一年来，要我写字的人越来越多，很多人连白纸也不送来，因此我每月用的墨汁、白纸、笔，算来钞票，数目并不太少。……因此希望你有兴写稿的时候，认为我这种写字，希望求书者，随意由邮局汇一二十元、二三十元，不算润笔，聊作纸墨费，否则使八十八岁的俞老，买一杯老酒喝喝，我看是应该的。当然，这个问题，如果写在你文章中，一定会写得很生动的。"我读后默然者久之，八十八岁的老人，连买一杯老酒也到如此处境。像俞老这样的艺术家早受庭训，在父亲俞粟庐先生的亲自指导下，就是书法方面的根底与造诣也是很高深的。粟庐先生的法书①，至今嵌在苏州拙政园中，凡是略知苏州园林掌故的人，没有一个不知道的。而今俞老高寿已超过当年的老父了，一位戏剧家，能有高度的文化，出余绪挥洒自怡，书卷之气，曲韵之气，加上其几十年的功力，法度自存，风神自盈，我爱他的书法，如见其人，如见其曲。

最近他要我为他书一斋额，我写了"衍芬轩"三字，他很满意。因为昆剧是兰花，他夫人名蔷华，看来还称得体，俞老很满意，请周家有上刻了。像这样有高度文化的学者、戏剧家，他的书法中蕴藏了很多学问，也许远胜流辈，可是他从不以书家自居，不肯卖字。如今环境迫使他说出了这样的话，我有些不忍了。当然爱好俞老书法的人，我是敬佩你们的，但也要考虑到八十八岁的老人了，古人说为老人解颐，是人们应该做好，至少也不应该使老人因此而不欢呢？俞老对我说出了这不愿说的话，我是深有感触，书生骨相，清风两袖，俞老以字易酒，比当年郑板桥"纸高六尺价三千"要风雅得多呢。这个小插曲，我相信应该是一段艺林佳话了。

1989年3月14日

---

① 此处敬称他人的书法作品。——编者注

大饼

小女儿对我说："爸爸你天天吃大饼。"神情与语气带有肉痛的成分。女儿的心情我是理解的，时代变了，例如我吃面包，或是蛋糕，这问题便不存在了。消费要高便"豪华"，土仿佛就卑贱了。教授吃大饼似乎有失体统，这也不能怪她，受着外界气候的影响。可是我这"大饼教授"，一辈子就爱吃它，年既老而不衰。在外国人面前，我还是宣传这爱国大饼的，东方文化啊！

说来话长了，为了希望市场上，尤其同济大学门口能供应大饼油条，不知费了多少口舌，然而经营者脑子当中是一个"洋"与"贵"的思想，随便怎样不肯卖。我只好托大女儿从远地隔天带来，虽然几个没有油条的大饼，得来亦不容易，可是享受时，亲切之感，在香韵中陶醉了，也许是我的怪癖，"奶油蛋糕终无缘"吧！在思想上这东西与我格格不入，乡土之气不足，要我改变现状，却又适应不了。俞振飞老人吃肉粽，另外要加糖，因为他生长在苏州，这苏州人的习惯，八十八岁也改不掉。民间社会上有很多东西，是充满着与家、乡、国分不开的微妙感情。

　　有时要我参加宴会，不想去又不得不去，但精神上抵触太痛苦了。一些豪华宾馆，不是普通中国人能随便进得去的，我也不想揩外国人与华侨的油，也不想沾公家的光，"书生固穷"，心安理得就是最大的清福。

　　人老了，常常回忆往事。中学时代住宿在校，七人一席，一人任桌长，四菜一汤，而舍监先生们一桌，却是榨菜肉丝汤，这一碗汤上分别了师生的等级。星期六加一碗肉，开开大荤，六年的中学生活就是这样过来的。家中有客来，妈妈买一只蹄髈，算是招待菜了，其他都是饭锅上蒸出来的菜，因为我们绍兴人，烧菜几乎都不起油锅的，如今呢？"变了变了样"，蹄髈早已退出酒席上的位置，手工艺品的萝卜雕刻品，代替了烹调艺术。味精是"灵丹"，很多名师成为"味精专家"。浮华不务实的社会风气，太可怕了。我呢？对着这个大饼，几十年来旧情未断，在它身上可以勾起我很多的将要被人抛却的历史、文化、风俗的回忆。大饼真是大饼，其中寓着大大的感情。我的小孙女，每天清晨向我讨一块大饼吃，太天真了。我希望我的后代在他们身上多几分"土气"，是有好处的，大了她是不会忘记自己的家国的。

1989 年 7 月 25 日

称呼

人与人之间都有一个称呼,这是人之常情。旧社会在旧礼教束缚之下,都有一套称呼,应该说是比较繁琐的。如果翻开过去的讣闻,以及婚事的请帖,那上面的亲属与亲戚关系够复杂的了;如果我们再有兴翻翻前人的尺牍,那信上收信人与发信人的称呼,一目了然,便知两人的关系。我们老一辈年轻时是经过严格学习的,不然在社会上要闹出笑话,会被人看轻为不是书香子弟。

解放后,有许多不符时代的东西应该抛弃,但也有许多值得保存,还是应该沿用的。我们也不能苛求过多,只要做到有礼貌也就够了。但是经过十年"文化大革命",与近几年来有些人盲目否定民族文化传统,似乎在对人的称呼上有些"出轨"了,我们听上去总是不够味,有些受不了。最刺耳的,是很多媳妇对公婆,开口闭口的老太婆、老头子乱喊;一些人就是在公共场合,也不肯对年纪大的叫一声老公公、老太太,一视同仁地叫老太婆、老头子。其实老太婆三字也嫌字太多,减少一个字叫老太不是很好?至于殡仪馆里的花圈,你去看一看,有很多称呼也是啼笑皆非，不像是出自"礼仪之邦"。从前婚丧之事，有"账房"先生，专门照顾这件事，他们懂得这一套礼节，而今呢？在殡仪馆可说"爷叔""阿姨"大路货，保证用上不会错。

在我们教育单位，应该说大不如小，越学越无知。小学生亲切地称老师，中学生是称先生，大学生则多数在老师背后直呼其名，连先生两字也懒得用，恶劣的还叫老师"外号"，这种事予欲无言。

时代是变了，但我们的头脑中还残留着许多旧的美德。我到今天对我健在的老师如名建筑家陈植，总不直呼其名的，用他的字称直生老师，同样对著名学者王蘧常，称瑗仲老师。当年毛主席称马叙伦为夷初先生，称章士钊为行严先生。老一辈的革命家，就是这样严谨地处世。

如今各级地方干部多了，正副级见面时搞不清，我只好一律称"首长"，皆大欢喜，也不会犯不恭之嫌。见到离休老同志，开口老首长，亦笑面颜开。大家说我应对有方。而我这套手法得之于何处呢？说来全不费功夫，我是从软席卧铺里的乘务员那里学来的，他们在工作中开口首长，闭口首长，应付自如。我觉得这样叫在我许多场合中方便得多，年纪大了记忆力不好，这也好说是

287

"老滑头"吧,其实比乱叫一气的"大兴货"应该说文明一点。

称呼看来是小事,其实不是小事是大事,外交部有专职负责管礼宾的,不正说明这问题吗?古人说观人于微,在人们习以为常的称呼上,小中见大,可以见到人的素质与修养。

1989 年 8 月 16 日

凭栏半日独无言

病房前的草地花木作为工地了,往日瑞金医院绮丽的风光不见了,我只有浮起昔日的遐想。都市的人们对绿化的心理越来越朦胧了。包括很多的地方领导,建筑物终究是比几株垂杨衰草好吧?工地上有一个水池,是工人们无心而成的,有死水一潭,我凭栏闲眺,就是看到它,它是死水,也是明镜。

死水又可称止水,静的水,是人们不爱的水。可是文学家、园林家对它又作别论了,是用来点景;而宗教家又作为明镜,用来启发了。中国人从来没有把死东西看为静止不动的,山是不动的,云烟是动的,一潭止水,可以从中得到生命,可以教人聪敏。从前杭州马市街有一著名花园叫"鉴止水斋",不是教人从一水池中去悟道吗?可惜园毁于造医院中。

过几天楼前这潭水,不填也会干了。我当然惆怅一番,算是暂短的知音者,更换什么呢?我不敢想了,当然是最"先进"的了,什么喷水池,音乐喷水池,给观看者一些新花样,算是主持基建者的"德政"了。我不大能去恭维它，因为我的许多想法太不近今天的"人情"了。

　　水小至一勺，大至汪洋，其惠于人者，伟矣。医者，意也，美意延年，惠于人者亦大矣。数周的病房生活，使我感到医师们的赤子之心，令人起敬。然而医生虽好，环境恶劣，亦无济于事，有时病者受环境的影响，加速恢复健康的很多。瑞金医院的园林曾经甲于上海，如今呢？可能只顾医，而忽略养吧？有些令人不敢小游了。本来这地方，对门是瑞金宾馆，原来三井花园的樱花，是上海最著名的，而瑞金医院的法国式花园又是令人刮目相赏的。如果紧密的两个花园能合作得好，可以名震世界，为什么不好好地考虑一下呢？瑞金路上花园宾馆、花园医院，还有一个花园坊，哈哈，我要为瑞金路高呼了，美丽的街坊啊！至于附近的文艺出版社、上海昆剧团，那更为添色了。病中偶写一小词，寄梁谷音适排昆剧《蝴蝶梦》。

临江仙

寂寞虚廊僧样定，
静看日影西斜，
心如止水鉴年华。

凭阑无半语,
侧帽对黄花。

未必尘缘容易尽,
此身缥缈谁家,
庄生有梦亦天涯。
一声秋雁过,
世事落平沙。

1989 年 11 月

岁暮忆旧

岁暮了，天时是那么阴沉，怪无聊的。清晨为上海昆剧团梁谷音等写了几张"马"字，因为明年庚午是马年，他们大多数是肖马的，还保存着旧习惯。因为这件事触动了忆旧心境，老去情亲是旧游。"童年啊！是梦中的真，是真中的梦，是回忆时含泪的微笑。"冰心的这几句诗太亲切感人了。

我是生长在江南中等人家，小孩子眼巴巴地就是过新年。私塾中背完了年书，就是一年中所读的，最后要全部背出来才可放学，背完书向孔夫子像及老师拜别。后来我进了新式的小学，但老师对所学的还是不肯轻易放，要严格地考查，放假时恭恭敬敬地告别老师再离开。虽然放几天假，仍有假期作业，最显著的是习字作业，每天在家还要练字。从前有句话，叫"年三十的吃，年初一的穿"。妈妈早准备好了新年的衣服，不过是一件新罩衫，而且下摆的贴边特别长，要反钉起来；袖口也长，有一段反钉，因为人长了放出来还要穿啊！有时在腰部还要折钉一下，将来也可以放出来。对一件新衣是那么节约。另外一双布棉鞋，这样年初一可以出门上亲戚家拜年了。年三十是除夕，有花生、瓜子、寸金糖（一寸长的糖）等，再有一只福橘（福建产的），都是要讨利市；年糕、粽子，眼望了一年，可天天享受了。年糕是清汤加点糖，粽子一般是赤豆粽，小孩子已是很满足了，谁也没有想到今日的奶油蛋糕、巧克力……这种朴实的风俗表现了我们民族勤俭厚道的美德。年夜饭也仅仅大鱼大肉，我至今难忘的是粉丝肉圆、鱼头豆腐、红烧肉、白切鸡啊！多质朴，一点也不虚假。我今天不上酒家菜馆，吃那些时髦菜仿佛是一种痛苦，会引起我的痛苦的回忆。房屋要进行清洁扫除，园子里的花木，每株上都要贴一张红纸条。厅堂里要挂上灯，还要在旁边壁上挂起祖宗的画像，小孩子每年一次见到上代的尊容。这些像早没有了，但我今天还能想起上两代的容貌，饮水思源，这是了不起的爱家庭的教育。除夕后要去拜年，穿上了新长衫，戴上红顶帽，手提一个红纸包的礼品，走最亲近的人家。首先要弄清辈分，不然见面时瞎叫要闹笑话，说没有家教的；有时亲戚家留饭，饭后回家，这种生活，年年要过几天。同样，人家也一样到我家来。年初上有庙台戏，江南有徽调、绍剧、昆剧，在湖州有木偶戏，唱的亦是昆曲，多热闹啊！

在城内的戏院中有京剧、昆剧，北京、苏州的名角也会上演，这些小孩子轮不到了，从大人的嘴中听到梅兰芳、杨小楼等名字。最近每每看到中学生放假了，在家中打牌，比自学小组还有劲，我有些黯然了。我们的新年娱乐不过是踢毽子、拍皮球、捉迷藏，也许今天看来是太原始了。

古来插花是一种艺术，日本到今天还保持古风，妇女不会"花道"是不能出嫁的。过去人家，岁终度入新年要插红的天竹果，黄的蜡梅花，水仙花茎上要用红纸包一个红圈，这是最起码的室内装饰，虽然品种不多，但亦平添了一家的生活感。所以我现在画新春清供，总是画水仙等，这与当年的感染是分不开的。

爱家、爱国、爱民族，重老情怀总与那种浓厚的乡土气息分不开。年年在大都市过的那种别有一般滋味的新年，寄读者，我的话与回忆，不是痴人说梦，是真情的偶然显露，太迷恋人了。

存心自有天知

自己写的书，请人家作评语，或是介绍，当然恭维话多，有许多溢美之词。对新作家来说，这是万分应该的，因为如今是进入商品社会了，文章也好，字画也好，知识也好，不是看质量内容，而要看广告了，社会上的金质奖、熊猫奖、金彩奖……以至豆瓣酱、麻辣……不一而足。

如今要我来写介绍自己的书，我有些肉麻了，自我吹嘘，故作姿态，无异妓女拉客，因此我感到是件苦事、难事。从前药店制药，有两句话："制药虽无人见，存心自有天知。"写文章我认为有些像制药，要凭良心，古人说："载道。"现在说要起教育作用。说老实话，读有用书，这是作者、读者都要具有的美德。我写的几本小册子，不论说园林的《说园》还是散文杂文的《帘青集》等，皆有所感而发，希望大家通过读了我的浅见，在文化修养上共同提高，脱离一点低级趣味，其他也无用意。广告要做得老实，我也无做广告的本领，本来像这种文章，是现代化的广告一种，本来就有些怕，唯恐对不起读者。

滇池虽好莫回头

　　昆明滇池大观楼的长联"五百里滇池，奔来眼底"所描绘的风光，我向往了几十个年头。"岂有文章惊海内，漫劳车马驻江干。"我与大观楼长联作者孙髯翁一样，一介寒士，本以为今生无缘上昆明了。谁想去夏昆明安宁城建局李康祖同志特地来上海，坚邀我为该地设计一个古典园林，并已买好了飞机票，有"州司临门，急于星火"之概。于是匆匆上了晴空，两小时多到了这花城昆明，住在温泉，正是小神仙了。

　　我来昆明不是"游"，也不是"白相"，我是为昆明添美。我得首先完成园的构思与实地情况配合协调，决定了"楠园"的设计。因为这园是以楠木为主题，象征了云南的特征，所以从建筑材料，到园内配置的家具、匾额等，都是用的楠木，这是本乡本土的出产，不必舍近求远了。

　　温泉小住，确是恬适的，"闲中风月，老来书画"。在漫游昆明景色之余，就是这样安逸地度日，唯闻风声、鸟语、泉声、谷音，助我清思而已。但清思中未免有些牢骚，也是人之常情吧。因为滇池归来，有"恨不相逢未嫁时"之感，我后悔没有在"文革"前上昆明，滇池犹是女儿身；我恨没有能好好地体验一番大观楼长联的意境。我有些惆怅，自怨自艾，为什么我们专门做上对不起祖宗、下对不起子孙的事呢？为什么我们有时连起码的智慧都没有了？如今这滇池不是旧时我想象中的滇池了，滇池是一片凄凉。凄凉什么？它成了人们竞相发展的目标，水面越来越小，五百里水色山光，如今是无从说起。我在龙门山上，题了"回头是岸"四个字，可能是触景生情。佛家教人回头是要人为善，我在这里引用是向人说明，自然风光的保护是多么重要。大观楼长联明明写得很清楚，而今却是见岸见田见人家，不见水了。我的怨而不怒的讽词，不算过分吧？

关于大风景区的保护，我屡屡提出"还我自然"这个口号，可能是"诚则灵"，似乎已得到很多地方领导的重视。"文革"的创痕，滇池的不幸，是过去了，希望今后能还我水面。像云南这个"花国""石林"，何异于天然珍宝，要珍惜，要像爱护眼睛一样爱护它。

昆明归来，已过半载，但拳拳之心，无时或释。1990年春节，迎客之暇，写此小文。我梦想看昆明的茶花，云南的沱茶，等楠园竣工之时，必有"花下忘归因月美，樽前劝饮是春风"的一日了。

春游随宜

"月刊"是有时间性的,一个月一期,而我们在生理上,也有周期性的条件反射一样,一月一见,一种喜悦神秘的感情,只有爱读书者才能理会。青年时代看商务印书馆的《东方杂志》、中华书局的《新中华》那两本月刊,不正是这样?如今年既老而勿衰,《文汇月刊》慰我晚景,正如"天意怜幽草"吧!

一个好月刊,能维持很长的生命,在社会上有它独特的地位。近年来乱七八糟的杂志太多了,五色令人目盲,我也无此精力与他们周旋了,还是静坐看日影西斜,其中倒有一点哲学味。

《文汇报》从我中学时便看了,后来它与香港《文汇报》一样都成为我写作文发表的地方,有着深厚的感情,我始终认为是一张有文化水平能促使社会前进的报纸,"月刊"也是如此,不容易啊,持久着几十年,难能可贵啊!

也许许多读者不理解,也看不出一张报与刊物的好处,只看大幅照片,惊人标题。那正如新交一个朋友,不明其身世、学问、品格，但看其服装与"大兴"的作风而已，那说也可怜了。

晓色云开，春随人意，送旧迎新，人们该如何的欣悦。最近香港商务印书馆出了我一本《中国名园》，是与台湾同时在2月20日发行的；同济大学出版社今春要出版一本散文集，名《随宜集》的。我觉得书名中"园"与"随"两字，实在太奇妙了，引起了春日导游的雅兴了。春来了要游，而且要能随人意，东园也好，西园也好，不必有计划、有步骤、有组织，"闲步闲行闲饮酒，自歌自舞自开怀"。西湖游不上，其附近的海盐南北湖也好；苏州名园去不了，嘉定秋霞圃、上海豫园也好，何必一定赶热闹呢？游春是要有闲适味，节奏要慢，说得"落后"点，要有几分"士大夫"情调，那就游有味了。记得前年暑假，美国大学生在同济大学学习，我主讲"园林"一科，首讲是"中国的节奏"，由梁谷音教授演唱昆剧，带入缓慢而雅致的境界；然而我就提出东方艺术的特征，是慢节奏，从慢节奏再说到游中国园林，赏中国园林，造中国园林，他们是心有体会，说我们理解了；最后放梁谷音教授的昆剧录像，及园林幻灯，一堂对外国学生的园林课，别出心裁上过了。我因为是"以园为家，以曲托命"的人，上课也随宜在上，不拘一格了。龚自珍说得好,"不拘一格降人才",我就是"不拘一格降园林",用此"随"字来安排我的园林理论和造园工作,甚至于我的处世为人。

紧抱孙儿望后头

最近半个多月来，我是在昏沉中过日子。儿子陈丰在美国洛杉矶不幸惨遭墨西哥人刺死（1987.11.29），白头哭子，我情何堪，身边的寡媳稚孙，触目肠断。我以极忍耐之心用工楷抄写韩愈的《祭十二郎文》，用以寄托哀思，因为在大痛之时，我实在无法抒写我寸怀，我几乎麻木了。

一百零五岁的苏局仙老人，在报上看到了这不幸的消息，托王正国同志送来一信，信中除慰问我外，还说"老病颓唐，难以趋前面慰"。多恳切的心情啊！附上一首诗："惨祸突遭天地愁，无穷苦痛泪倾流。万难觅到宽怀处，紧抱孙儿望后头。""紧抱孙儿望后头"，我读了再三，这位慈祥的老人，对我们后辈遇上大祸，同情怜悯之心，字字真情。世上有这样的长者充满了仁慈的心，其享受百岁外高龄，不是偶然的，"仁者寿"这句古话一点也没有过分。我与苏老至今尚未拜谒过，五年前他送我一联"山水外极少乐趣，天地间尽是有情"，我悬挂在我的书斋"梓室"中，与叶圣陶老人篆书的斋额，仿佛我朝夕相对着老师。我总感到老一辈的学者们，在他们的思想中充满着仁与慈，对后一辈是那么的关注、鼓励。这次儿子的不幸，叶老是没有告诉他，苏老见报了，也无法瞒他，而老人却来信赐诗安慰我。他的那"紧抱孙儿望后头"，是他百余年来的人生经验，沉痛的我，得到这句话，给我颓废的情绪振作了，我挺起腰杆，继续我的工作。我没有气馁，儿子是死了，我应该再为社会主义建设事业活着，仍旧可以在豫园工地上见到我，在学生的教室中见到我，我应该看到后头。

社会是个大家庭，在我儿子惨死前二天，是我的生日，我的一批新老中外研究生，要为我祝寿，我坚持吃一顿阳春面，果然同意我的做法，在席上我说："我前半生靠老师，后半生靠学生。"不料接着儿子永久地走了，我的那个日本研究生久保田雅代，坐在我门外哭了两次，人也不愿来，我也一点不知道。我的第一个研究生路秉杰，为我料理一切事宜；而老师陈植与王蘧常、前辈苏步青等，来慰问我；儿子是受贝聿铭先生奖学金攻读建筑硕士学位去的，贝先生又以电话相慰。老师、朋友、学生与我，组成了这种伟大、微妙、亲切、感激的爱的境界，是一个人在最困难中得到的无比温暖。

逝者如斯，我也没有回天之力，我除感谢党政领导对我的关怀,与美国朋友们的支助,从苏老的诗中,我得到了明灯,知道今后该怎么活下去。

后记

老妻去世后，我的第三本散文集出版了，今日这第四本《随宜集》付印时，我的痛苦比过去更增多了。老妻做了天上神仙，安眠在南北湖上，儿子陈丰呢？安葬好母亲后，去美国了，谁也料不到他惨死在墨西哥人的刀下。从美国洛杉矶带回了骨灰，没有见过爸爸的孙女媛媛，去送父亲葬，儿子长眠在他母亲身旁，再也不会回来了。我呢？心情有谁能了解呢，复杂、痛苦、消沉、无可奈何……

这本集子名随宜集，一切随宜了，游园、听曲、钟情山水，知己泉石，做一个在世的山水僧而已。文章不过是人生片段的记录，没有可取之处。感谢百岁老人苏局仙为我题字，愿同登寿域。感谢周道南、吴玉桥夫妇为我抄录！

1989 年 11 月陈从周记

从周

陈 从 周 作 品 精 选

出 品 人	康瑞锋
项目统筹	田 千
产 品 经 理	吕芙瑶
编图及版式	宽 堂
封 面 设 计	InnN Studio

从周
书法 陈从周先生

陈从周作品精选

《谈园录》
《书带集》
《春苔集》
《帘青集》
《随宜集》
《世缘集》
《梓室余墨》

在这里，与我们相遇

领读名家作品·推荐阅读

黄石文存
冯至文存
费孝通作品精选
何怀宏作品选

领读小红书号

领读微信公众号